नद

nada

Bibliografische Information der Deutschen Nationalbibliothek:
Die Deutsche Nationalbibliothek verzeichnet diese Publikation in der
Deutschen Nationalbibliografie. Detaillierte bibliografische Daten sind
im Internet über http://dnb.d-nb.de abrufbar.

Herstellung: Books on Demand GmbH, Norderstedt
Printed in Germany

ISBN 978-3-907091-09-8

Karin Jundt

Jonathan von der Insel

Spiritueller Roman

nada

Meiner Mamma
ist mein allererstes
Buch gewidmet

Nicht indem wir
jeder Beziehung entsagen,
vielmehr durch alle Beziehungen
finden wir Menschen
natürlichen Zugang
zur göttlichen Allheit –
es ist der leichteste,
weiteste, innigste Weg,
sie zu erfahren.

Sri Aurobindo

1

Jonathan saß auf dem Elefanten und schaute der untergehenden Sonne zu. Das Meer war an diesem Abend nur leicht bewegt und umspülte sanft den mächtigen Felsen im seichten Wasser unweit des Ufers. Mit kindlichem Blick entdeckte man in ihm tatsächlich ein Tier mit großem Ohr und Rüssel – deshalb hatte ihn Jonathan als kleiner Junge so getauft. Eine eigene Magie umgab diesen Ort: Hier fühlte er sich oft von einer geheimnisvollen Kraft genährt, empfand eine Weite, die seine ganze Umgebung umfasste, und eine bis in die innere Leichtigkeit reichende Tiefe. Er erlebte da manchmal ein Glücksgefühl, das dem Nichts zu entspringen schien.

Selbstvergessen ließ er sich an diesem Abend von der Dämmerung einhüllen, bis die Sonne völlig im Meer versunken war und am wolkenlosen Himmel nur ein zartes, beinahe durchschimmerndes warmes Licht leuchtete. Vor dem gelborangen Hintergrund hob sich am Horizont deutlich die Silhouette eines Frachters ab. Verträumt schaute Jonathan ihm nach und wunderte sich, dass er nicht den Wunsch verspürte, die kleine Insel zu verlassen, wie viele andere junge Leute aus seinem Dorf. Dennoch überlegte er, ob es ihm wirklich bestimmt war, sein Leben als Fischer zu verbringen, Fischer wie sein Vater, sein Großvater, sein Urgroßvater und wer weiß wie viele Generationen vor ihnen. Nie zuvor hatte er daran gezweifelt, aber – er erkannte es beinahe erstaunt – er hatte auch noch nie darüber nachgedacht, ob ein anderer Beruf ihm nicht lieber wäre. Er war einfach Fischer geworden, ohne es je bewusst entschieden zu haben.

Und plötzlich tauchte auch die Frage in ihm auf – zum ersten Mal in seinem Leben –, ob sein Schicksal von einer höheren Macht gelenkt oder gar vorbestimmt sei und inwieweit er es mit seinem Geist und seinem Willen überhaupt beeinflussen könne. Wie er sich vom monotonen Meeresrauschen tragen ließ, ohne wirklich nachzusinnen, und in Empfindungen schwebte, die er nicht in Worte kleiden, nicht dem Denken preisgeben mochte, entfaltete sich in ihm die Antwort als ein inneres Bild. Er befand sich in einer wilden, blühenden Urlandschaft und stieg einen steilen Pfad hinauf. Ein Licht, das von oben durchs Dickicht drang, warf einen Schein auf seinen nächsten Schritt und erhellte ihn, nur ihn; alle, die er schon zurückgelegt hatte, und alle, die noch vor ihm lagen, waren in Dämmerung gehüllt. Er spürte, wie er auf seiner Wanderung durchs Leben geleitet und geführt wurde, und er erkannte, dass er nicht weit voraus in die Ferne blicken noch seinen Weg planen musste, sondern nur mutig und vertrauensvoll vorwärts gehen wie ein Kind an der Hand der Mutter, das nicht um das Ziel weiß und nicht nach der Richtung fragt. In dieser hingebenden Zuversicht empfand er eine wohltuende Ruhe und frohe Unbeschwertheit.

Nach und nach verblasste das innere Bild und verbarg sich sogleich tief in seiner Seele, ohne ein greifbares, in Worte gefasstes Wissen zu hinterlassen, und er kehrte zurück in die Wirklichkeit des Felsens, auf dem er immer noch bewegungslos saß.

Die Dunkelheit brach schnell herein und zündete am Himmel mehr und mehr Sterne an. Da machte Jonathan sich auf. Es war nicht weit ins Dorf, kaum eine halbe Stunde. Obwohl es keinen Weg gab, bewegte er sich flink

über den steinigen Grund, wich geschickt den Ginster-
büschen aus, trat fest auf das von der Sommerhitze völlig
ausgedorrte niedere Gestrüpp. Er kannte das Gelände gut,
und seine Augen hatten Zeit gehabt, sich an die Nacht
zu gewöhnen.

2

Wie Jonathan in die Gasse einbog, wo er zusammen mit seinem Vater Salvino ein einfaches Haus bewohnte, kam ihm der Dorftrottel entgegen. Mit beiden Händen trug er einen Aluminiumtopf und war so darauf konzentriert, ihn gerade zu halten, um nichts zu verschütten, dass er den Fischer übersah und an ihm vorbeigegangen wäre, hätte dieser ihn nicht freundlich gegrüßt: „Ciao, Beppi, wohin gehst du so spät?"

„Mamma schickt mich zu Concetta, ich soll ihr diese Suppe bringen", antwortete er in seiner lallenden Sprache und deutete mit dem Kinn auf den Topf, den er angestrengt und krampfhaft festhielt.

„Wie geht es ihr denn?", fragte Jonathan.

„Gestern konnte sie kurz aufstehen, aber heute ist sie wieder zu schwach und liegt nur im Bett. Den ganzen Nachmittag war ich bei ihr, aber meistens hielt sie die Augen geschlossen und redete nicht. Ich glaube, sie wird bald sterben."

„Meinst du?"

„Ja. Ihre Katze liegt sonst immer auf ihrem Bett, am Fußende, aber heute saß sie auf dem Stuhl daneben." Beppi, er mochte wenig über dreißig sein, war von Geburt an geistig behindert. Dreimal ließ man ihn die erste Klasse wiederholen, versetzte ihn dann in die zweite, und damit war seine obligatorische Schulpflicht erfüllt. Richtig lesen und schreiben hatte er allerdings nicht gelernt: Mit Mühe kritzelte er seinen Namen und buchstabierte einzelne Wörter, vor allem die ihm wohl vertrauten Namen der Schiffe im Hafen und die Schilder der Geschäfte. Er war aber liebenswürdig und hilfsbereit, und die Leute hatten nichts gegen ihn. Zudem war er ein dankbares Opfer für ihre Hänseleien. Seine undeutlichen, manchmal widersinnigen Sätze, die sie nicht verstanden, überhörten sie einfach.

Aber jetzt wollte Jonathan erfahren, was er sich in seinem Kopf zusammenreimte und fragte nach: „Was weiß denn die Katze von Concettas Tod?"

Der Topf, den Beppi immer noch trug, wurde ihm sichtlich schwer und er stellte ihn ab; er wollte es ausführlicher erklären, weil die Leute die einfachsten Zusammenhänge oft nicht begriffen, wenn er sie ihnen schilderte.

„Tiere spüren doch, wenn sie sterben; also spüren sie auch, wenn Menschen sterben", setzte er an. „Darum will die Katze der Seele von Concetta nicht im Wege sein, wenn sie davonfliegt."

Wie es seine Art war, sprach er langsam und legte zwischen den Sätzen Pausen ein, die es Jonathan erlauben sollten, über das Gehörte nachzudenken. Dieser erfasste die offensichtliche Logik dennoch nicht und bohrte weiter: „Warum soll die Katze am Fußende ein Hindernis sein, nicht aber auf dem Stuhl?"

„Ja", fuhr Beppi geduldig fort, „weil die Seele von Concetta den Körper doch durch die Füße verlassen will, und wenn sie die Katze da liegen sieht, könnte sie sich fürchten und im Körper bleiben, und Concetta müsste noch lange leiden, weil sie nicht sterben kann."

Jonathan schüttelte den Kopf. Eine Seele, die sich vor der Katze fürchtete – das konnte er noch nachvollziehen.

„Dass die Seele den Körper durch die Füße verlässt, hast du bestimmt nicht vom Herrn Pfarrer gehört!", schalt er mit gespielter Strenge.

Beppi überlegte einen Augenblick: „Vielleicht ist es nicht immer so, aber bei Concetta ganz bestimmt. Durch ihr Lästermaul will ihre Seele sicher nicht – du weißt doch, wie sie ständig über alle schimpft! Und ihre Augen, wie sie einen manchmal zornig anblitzen! Nein, das ist kein Weg für eine Seele. Ihr Bauch und ihr Hintern sind so dick, da ist kein Durchkommen. Ihre Füße hingegen, die sind gut. Auf ihnen stand sie immer, wenn sie arbeitete, und sie trugen sie jeden Morgen in die Frühmesse. Wenn ich sie an den Fußsohlen kitzelte, lachte und lachte sie und war zufrieden… Ja, durch ihre Füße wird ihre Seele hinausfliegen", wiederholte er mit Nachdruck. Überzeugt, jetzt alle nötigen Erläuterungen gegeben zu haben, hob er seinen Topf an, grüßte kurz und ging.

3

Serena legte die Zeitschrift beiseite und schaute zum Fenster hinaus. Wie schön waren die sanften mittelitalienischen Hügel, die selbst im Sommer, ausgetrocknet und versengt, noch lieblich wirkten. Die Landschaft raste an ihr vorbei, aber für sie hätte der Zug noch schneller fahren müssen, so sehr sehnte sie sich nach daheim, nach ihren Eltern, dem Fischerdorf, dem Meer und der felsigen Küste. Die Mittagshitze machte sie schläfrig, sie schloss die Augen. Bilder und Erinnerungen aus ihrer Kindheit tauchten auf: der Treppenaufgang zur Kirche, das Schulzimmer mit dem Riss in der Wandtafel, wie sie mit ihren Freunden bis zum Hafen um die Wette lief oder in der Macchia Verstecken spielte... Es tat ihr weh. Sie öffnete die Augen und schloss sie gleich wieder vor ihrer Vergangenheit. Jetzt war sie neunzehn, schnell erwachsen geworden, und nichts war mehr wie früher.

Der Lärm der ein- und aussteigenden Menschen lenkte sie ab, nachdem der Zug in den Bahnhof von Rom eingefahren war. Kaum setzte er sich aber wieder in Bewegung, rollten auch ihre Gedanken erneut los; vor allem der eine, den sie eine Weile erfolgreich verdrängt hatte, ließ sich nicht länger fernhalten, je näher sie ihrer Heimat kam. Ob sie die Lider schloss oder mit offenen Augen hinausstarrte, sie sah nur ihn: Jonathan, den liebsten Gefährten ihrer Kindheit und Jugend. Jonathan, wie er mit ihr zusammen den majestätischen Elefantenfelsen erklomm, Jonathan, wie er ihre Hände fasste und sie aus seinen tiefblauen Augen ohne zu lachen anschaute, um ihr ein Geheimnis zu entlocken, Jonathan, wie er auf dem Fischkutter Netze flickte und ihr Geschichten vom Meer und von fernen Ländern erzählte, erfundene, wunderbare Geschichten, die sie träumen ließen, Jonathan, wie er ihr zum Abschied sagte: „Jedes Mal, wenn du an mich denkst, denke ich auch an dich, und unsere Gedanken treffen sich im Himmel und spielen miteinander."

Nach der Primarschule hatten ihre Eltern sie zu Verwandten nach Mailand geschickt, damit sie dort bessere Schulen besuchte. In der ersten Zeit trauerte sie der sorgenlosen Freiheit der Insel nach, vermisste Jonathan sehr und schrieb ihm oft, Briefe voller Sehnsucht und Liebe.

Doch nach und nach drang die Atmosphäre ihrer Umgebung in ihr Wesen ein und sie lebte ihren neuen Alltag mit der ihr eigenen Intensität und Lebensfreude. Langsam verblasste das Heimweh nach ihrer Familie, der Insel und nach Jonathan. Dennoch bewohnte er ein Kämmerlein ihres Herzens, wo er immer bei ihr war, auch wenn sie nicht an ihn dachte, und er stand ihr stets näher als jeder andere Mensch auf der Welt. Während der langen Sommerferien, die sie jeweils auf der Insel verbrachte, kam die alte Vertrautheit immer schnell zurück.

Die letzten drei Jahre war sie allerdings nicht mehr zu Hause gewesen. Nun kehrte sie heim. Vielleicht hatte er sie vergessen... Sein harter Fischeralltag konnte ihre besondere Freundschaft leicht entzaubern. Sie hoffte es für sie beide, es wäre das Beste, denn das Dorf war klein und ein Wiedersehen unvermeidlich. Sie malte sich aus, wie sie einander treffen und freundlich distanziert begrüßen, ein paar belanglose Worte wechseln und sich als unverbindliche Bekannte trennen würden. Ja, so sollte es sein, das wäre die einfachste Lösung. Der Schmerz, den sie bei dieser Vorstellung aber empfand, riss den künstlichen Schleier der Gleichgültigkeit, an dem sie lange gewebt hatte, gewaltsam herunter und offenbarte ihr die ganze Ausweglosigkeit ihrer Lage, die Verzweiflung über ihr Schicksal, die Angst vor der Zukunft.

Tief in ihr keimte ungebeten auch die Hoffnung, es könnte sich doch noch alles ändern, alles zum Guten wenden. Dennoch blieb es diesem aufflackernden Gedanken versagt, ihre Beklemmung über die bevorstehende Begegnung zu lösen. Sie wusste einfach nicht, wie sie auf ihn zugehen sollte. Ihn umarmen und so tun, als wäre nichts? Ihm alles erzählen? Es war ihr nie gelungen, ihm etwas zu verheimlichen. Oft hatte sie gestaunt, wenn er dasselbe wie sie dachte und fühlte, und das, was in ihrem Kopf und in ihrem Herzen vorging, miterlebte, als wäre es ein Teil von ihm.

Das war lange her. Das Kind Serena, das unbeschwerte Mädchen, gab es nicht mehr. Das Leben hatte sie mit einer seiner dunkleren Seiten bekannt gemacht, und bestimmt war Jonathan auch nicht mehr der Gleiche... Doch die Hoffnung stirbt zuletzt.

4

Während Salvino ein Ersatzteil einbaute, auf das sie nun tagelang ungeduldig gewartet hatten, lag Jonathan bäuchlings auf der Mole und malte in neuen, kunstvolleren Buchstaben und einer lieblicheren Farbe den Namen ihres Fischkutters, „Maja". Dabei träumte er wehmütig von Maja, seiner verstorbenen Mutter, und erinnerte sich an die Geschichte, die er als Kind immer wieder von ihr hatte hören wollen, ihre Geschichte, wie sie als junge Frau aus Norddeutschland durch Zufälle und Umwege auf die Insel gelangt, seinen Vater kennen und lieben gelernt hatte.

Als er mit dem Schwung des Schriftzugs zufrieden war, legte er den Pinsel beiseite und ließ den Blick aufs offene Meer hinaus schweifen. Die Fügungen des Schicksals, die seine Eltern zueinander geführt hatten, faszinierten ihn. Das konnte doch nicht bloßer Zufall sein! Die Gedanken des Vorabends tauchten wieder auf und er sah vor seinem inneren Auge nochmals das Bild seines Lebenswegs.

Da wusste er, dass die gleiche Hand, die ihn führte, auch seine Mutter geleitet hatte. Tiefes Glück durchströmte ihn, wie das Vertrauen in diese höhere Macht erneut in ihm aufwallte. Er erkannte, dass in allem stets ein Sinn liegt, auch im Schweren, das den Menschen widerfährt, und er war sicher, dass sogar im Tod seiner Mutter etwas Gutes liegen musste, obwohl er es nicht begriff.

Die „Maja" war also wieder seetüchtig. Wie sie sich aber zum Auslaufen bereit machten, klagte Salvino über ein starkes Schwindelgefühl, und seine Stirn brannte, als hätte er hohes Fieber. Jonathan sorgte sich und wollte gleich zum Arzt laufen, aber sein Vater hielt ihn zurück:

„So schlimm ist es nicht. Wir müssen endlich wieder etwas verdienen. Geh, hol Beppi, fahr mit ihm zusammen hinaus; er ist kräftig und kann dir helfen. Ich lege mich zu Hause hin, dann wird es bestimmt besser." Jonathan zögerte kurz, nickte schließlich und gehorchte.

Der Fang war außerordentlich. Der junge Fischer bedauerte, dass sein Vater es nicht miterlebte, denn selten hatte er die Netze so voll gesehen. Kaum waren sie zurück im Hafen, fielen die ersten Regentropfen. Er schickte Beppi nach Hause und machte sich allein daran, den Kutter zu entladen. Einen besonders großen Fisch hob er zärtlich auf, hielt ihn in den Armen, streichelte ihn liebevoll und dankte ihm als Stellvertreter für alle anderen.

In diesem Augenblick, als ein Sonnenstrahl die Wolken aufriss und einen Regenbogen über die Insel warf, begann der eben noch reglose, unscheinbare Fisch in denselben Farben zu schillern, aber nicht einer Spiegelung gleich oder wie wenn die Schuppen das Licht brechen, sondern in einer leuchtenden, kräftigen bunten Bemalung – und er bewegte sich. Weil ihm am Morgen beim Aufstehen übel gewesen war, dachte Jonathan sofort an eine Sinnestäuschung – sie hatten wohl beide, er und sein Vater, am Abend davor etwas Verdorbenes gegessen.

Wie um sich selbst zu beweisen, dass es sich nur um ein Trugbild handelte, sagte er laut, mehr zu sich selbst als zum Fisch, den er immer noch festhielt: „Na dann fang doch auch noch an zu reden!"

„Wenn du mich frei lässt, erfülle ich dir einen Wunsch", vernahm er sogleich eine Stimme, die vom Fisch zu stammen schien.

Nun war Jonathan sicher, dass er nicht halluzinierte, so wie es einem immer ergeht, während man etwas erlebt – wer misstraut schon seiner eigenen Wahrnehmung? Dennoch blieb ein Zweifel, an Märchen mochte er nicht glauben. „Nur einen?", erwiderte er in verunsicherter Ironie. „In der Geschichte, die meine Mutter mir als Kind erzählte, sind es drei!"

Der Fisch verdrehte missbilligend die Augen und meinte verdrossen: „Ja, ja, den meisten habe ich bisher drei Wünsche zugestanden, das ist wahr. Aber in ihrer Verblendung rufen die Menschen mit dem ersten ja doch nur etwas herbei, das sie unglücklich macht, und verbrauchen die beiden anderen, um die Folgen des vorangegangenen zu mildern."

„Nun, wenn sie doch zur Einsicht kommen, es bereuen und in Ordnung bringen wollen – das ist doch gut, nicht? Dann haben die zwei anderen offenen Wünsche ja ihre Berechtigung", warf Jonathan ein.

Auf diese oder eine ähnliche Frage hatte der Fisch nur gewartet; seine Aufgabe war nämlich eine wichtigere, als kurzzeitig das menschliche Begehren nach vermeintlichem Glück zu stillen. Mit der Würde eines alten Weisen und tragender Stimme erklärte er: „Kein Wunsch ändert wirklich etwas, der erste nicht und der zweite und dritte auch nicht. Der kosmische Plan, der das ganze Universum mit all seinen Wesen lenkt, ist vollkommen. Er ist allumfassend, ein jedes ist darin mit dem anderen verbunden wie in einem feinen Netz: Wenn man an einer Stelle auch nur ein klein wenig zupft, bewegt sich das ganze Gewebe. Doch der Allwissende rückt es nach seiner gütigen Vorsehung wieder so zurecht, dass es für alle von Neuem stimmt. Undenkbar, wenn jede Tat, ja sogar ein Gedanke, die Macht besäße, entgegen dem weisen Plan des Göttlichen das ganze Netz zu verändern!"

„Also ist doch alles Vorbestimmung!", rief Jonathan, dem seine Überlegungen beim Elefantenfelsen augenblicklich gegenwärtig waren.

„Ja und nein", berichtigte der Fisch. „Dein Leben – und das aller Wesen – hat ein Ziel, das ist gegeben. Wie und wann du es erreichst, auf welchen Wegen und Umwegen, darüber entscheidest du aber in jedem Augenblick selbst. Du wählst, welche Chancen du annimmst und welche du ablehnst. Dabei dient alles, ich betone: alles, was dir geschieht, einzig dem Zweck, dich deinem Ziel näher zu führen. Du kannst nichts erlangen, was dir nicht vom Göttlichen zugestanden wird, und niemand kann dir etwas antun, weder Gutes noch Böses, wenn der Allmächtige es nicht zulässt. Sieh in allem stets einen Wink der weisen Hand, die hilfreich eingreift und die Gegebenheiten so formt und ausrichtet, dass du dich stetig dem Lebensziel näherst. Deshalb erhältst du auch immer wieder, unendlich oft, die Gelegenheiten, die du davor nicht wahrgenommen hattest."

Wissbegierig lauschte Jonathan jedem Wort und verstand, bis eine einzige Frage ihm noch auf den Lippen brannte: „Wie können wir denn ein Ziel erreichen, das wir gar nicht kennen? Sag mir: Welches ist dieses Ziel, der Sinn unseres Daseins auf der Erde?"

„Wenn dies zu wissen dein Wunsch ist, den ich dir erfüllen soll", antwortete der Fisch ernst, „sollst du es erfahren."

Schnell unterbrach ihn Jonathan: „Warte! Du meinst, das wäre dann mein Wunsch gewesen?"

„Ja", sagte der Fisch, „und es ist der bedeutendste, den sich ein Mensch erfüllen kann."

Jonathan fühlte, dass das Wissen um den Sinn des Lebens tatsächlich das wertvollste Geschenk war, das er bekommen konnte, und auch das einzige, das er wirklich brauchte. Dennoch zögerte er – gab es nicht doch Verlockenderes? – und schämte sich gleichzeitig dafür. „Woher weiß ich denn, ob deine Antwort die Wahrheit ist? Ich glaube ja nicht einmal richtig, dass du Wünsche erfüllen kannst..."

„Nicht nur ich, alle besitzen dieses Wissen und diese Macht...", begann der Fisch und seine Stimme hörte sich ein wenig traurig an, weil er daran dachte, wie die Menschen nicht an das Höhere glauben, das sie in Wirklichkeit sind.

Jonathan wandte ein: „Hast du mir nicht gerade erklärt, wir würden in einem kosmischen Theater wie Marionetten immer wieder zurechtgerückt?"

„Du bist ein aufmerksamer Zuhörer. Aber wörtlich habe ich mich nicht so ausgedrückt. Ihr seid keine Holzpuppen, die an Fäden tanzen! Ihr besitzt einen freien Willen – auch wenn er in Wahrheit nicht dem entspricht, was ihr darunter versteht. Der Vergleich mit dem Theater gefällt mir hingegen, den muss ich mir merken." Er war sichtlich zufrieden mit seinem Schüler und lächelte wohlwollend, so gut ein Fisch sein Maul eben verziehen kann.

Die Zeit für tiefere Erklärungen war indes noch nicht reif; darum ging er nicht weiter auf den Einwand ein und setzte den zuvor angefangenen Satz fort: „Alle haben diese Macht: Glaube im Innersten deines Herzens, dass du fliegen kannst wie ein Seeadler, und wie ein Seeadler wirst du durch die Lüfte segeln. Glaube, dass du mit einem Wort Kranke heilen kannst, und du wirst die gleichen Wunder wirken, die Jesus und die Heiligen vollbracht haben. Alles ist in dir, alle Weisheit, alle Kraft. Aber ihr Menschen glaubt lieber an andere als an euch selbst. So vertraue eben auf mich, Jonathan, und sprich deinen Wunsch aus."

„Jetzt gleich?", fragte der junge Mann beinahe erschrocken. „Gib mir Zeit zum Überlegen!"

„Einverstanden", willigte der Fisch ein, „obwohl dein Denken dich nicht dahin führen wird, wo deine Seele schon weilt. Doch mach ruhig zuerst deine Erfahrungen. Genau das gehört zum Lebensweg des Menschen: sich selbst vertrauen und danach handeln, ohne Angst vor Fehlern, ohne sich je als Sünder und Schuldiger zu fühlen oder eine Strafe zu fürchten – aber daraus seine Erkenntnisse ziehen und lernen. Also warte mit deinem Wunsch ruhig zu. Wenn du mich brauchst, rufst du mich. Und jetzt wirf mich ins Meer; warte nicht, bis ich mir meine Freiheit selbst nehme."

Ohne ein weiteres Wort ließ Jonathan den Fisch sanft ins Wasser gleiten.

5

Erst auf dem Heimweg tauchte in Jonathan das Gefühl auf, sich auf einem Grat zwischen Realität und Illusion zu bewegen, und er war nicht sicher, auf welcher Seite er sich gerade befand und wohin sein Erlebnis mit dem bunten Fisch gehörte. Allerdings war ihm diese Empfindung nicht neu. Seit seiner Kindheit wanderte er von Zeit zu Zeit auf dieser Grenze und wusste, dass es jenseits seiner Vorstellungskraft einen anderen Raum gab, wie hinter einem Schleier, durch den er mit inneren Augen undeutlich Umrisse wahrnahm. Sie lösten sich aber sofort in nichts auf, sobald er den Blick schärfte und genauer hinzusehen versuchte. Wo er sich in jenen Augenblicken auch aufhielt, auf dem Meer oder im Dorf, allein oder mitten unter Menschen, sogar die Wirklichkeit erschien ihm dann wie in Nebel gehüllt, unscharf und verschwommen, und er ahnte, dass sie nur der Schatten eines verborgenen Lichts war.

Er erinnerte sich, wie Beppi ihn einmal schlagartig auf diese Grenze versetzt hatte, als er bei einem belanglosen Gespräch unvermittelt eine eigenartige Bemerkung machte: „Ich bin hier und ich bin doch nicht hier. Es ist, als ob ich jemand anders wäre und gar nicht für mich lebte."

Jonathan mochte damals nicht über die Bedeutung nachdenken, war Beppi doch bekannt für seine unsinnigen Reden. Aber er spürte dabei deutlich jenen fremden Raum, und diese vertraute Empfindung vermittelte ihm eine tiefe Geborgenheit, obwohl ihre Unerklärlichkeit ihn gleichzeitig verwirrte.

Jetzt kam ihm auch Serena in den Sinn, die diese seltsamen Zustände immer verstanden und in gewisser Weise mit ihm geteilt hatte. Serena! Die Erinnerung entzündete seine Sehnsucht nach der Jugendfreundin. Sie waren unzertrennlich gewesen, verbunden durch ein unsichtbares Band reiner Liebe, bis sie das Dorf verließ.

Drei lange Jahre hatte er sie bereits nicht mehr gesehen. Davor war sie in den Ferien und zu Weihnachten immer auf die Insel zurückgekehrt, aber schon vorletzten Sommer hatte er sie vermisst. Seine Briefe hatte sie seither nicht mehr beantwortet, und seinen Fragen waren ihre Eltern stets ausgewichen.

Bei einem plötzlichen Einfall musste er lächeln. Der Fisch wollte ihm doch einen Wunsch erfüllen... Ja, Serena möge zurückkommen! In seinem Inneren regte sich aber sogleich Widerstand: Er wusste doch, dass ohnehin alles so käme, wie es für ihn gut war – daran änderten auch seine Wünsche nichts.

‚Also sollte ich eher darum bitten‘, dachte er sich, ‚kein Verlangen mehr zu haben, der Fisch müsste mich im wörtlichen Sinne wunschlos glücklich machen.‘ Irgendwie verstand er aber nicht, worin dieses Glück denn läge. Er fragte sich auch: ‚Warum gehört dieser Zustand nicht von Natur aus zum Menschen, warum begehrt man ständig etwas und ist unzufrieden, wenn man es nicht bekommt?‘ Sogleich entdeckte er, dass das Gegenteil genauso zutraf und man oft etwas bekam, das man nicht haben wollte – eine mühselige Aufgabe, eine Krankheit...

Angeregt durch das Gespräch mit dem weisen Fisch, kam Jonathan ins Philosophieren. ‚Vielleicht...‘, folgte er einer Eingebung, ‚nein, bestimmt, liegt alles nur daran, dass uns manches angenehm, anderes unangenehm ist – wir unterscheiden zwischen Gut und Böse, Schön und

Hässlich. Dann sollte ich mir vom Fisch also wünschen, nicht mehr zu werten? Die Wörter gut und böse würden ihre Bedeutung verlieren, die Dinge und Ereignisse wären weder das eine noch das andere, sondern alle gleich… gleichgültig oder gleichwertig? So käme es für mich nicht darauf an, ob ich gesund oder krank, arm oder reich bin –‘ Er stutzte. Don Raffaele, der Pfarrer, der es eigentlich wissen müsste, unterschied doch auch zwischen Gut und Böse, zwischen Sünde und – was war eigentlich das Gegenteil davon? Es fiel ihm im Moment nicht ein; vielleicht wusste er es gar nicht. Aber hatte der Fisch nicht angedeutet, dass wir Fehler machen dürfen, ohne uns schuldig zu fühlen?

Jonathans Gedanken waren wie ein Vogelschwarm an ihm vorbeigezogen und er hatte sie beobachtet, ohne einzugreifen. Er fühlte, wie sich darin eine grundlegende Wahrheit entfaltete, aber sobald er bewusst danach zu forschen begann, verschwand der Schwarm hinter einem inneren Horizont, wo das Wissen unerreichbar und verborgen blieb.

Hatte er nicht eben an Don Raffaele gedacht? ‚Wenn man vom Teufel spricht…‘ Er schmunzelte, dass er diese Redensart ausgerechnet für den Vertreter Gottes verwendete, der gerade seinen Weg kreuzte.

„Ciao Giona“, grüßte ihn der Priester, der den ausländischen – nach seinem Weltbild heidnischen – Namen nicht über die Lippen brachte und ihn schon damals bei der Taufe durch einen christlichen italienischen ersetzt hatte.

„Buona sera, Don Raffaele, wie geht es Ihnen?“

„Nicht schlecht, und dir? Hast du einen guten Fang gemacht?“

Vom sprechenden Fisch zu erzählen, lag Jonathan fern, und er meinte nur vielsagend: „Ja, einen märchenhaften, es ist wie ein Wunder!"

Don Raffaele lächelte selbstzufrieden: „Die Menschen meinen immer, ein Wunder müsse etwas Übernatürliches sein – doch das wahre Wunder ist der Segen des Alltags, die Freude, die man in der Erfüllung seiner Pflicht findet."

„Wie recht Sie haben! Vor allem wenn dieses Wunder die Erfüllung der Wünsche verspricht!", stimmte der junge Fischer zweideutig zu, aber der Pfarrer bemerkte die Ironie in seiner Stimme nicht, verabschiedete sich und ging seines Weges, glücklich, schon wieder einem seiner Schäfchen ein weises Wort beschert zu haben.

6

Serena saß auf einem großen abgeflachten Felsen seitlich des Elefanten, an den sie sich lehnte; ein Bein ließ sie hinunter baumeln, sodass jede Welle ihren Fuß bis zum Knöchel umspülte. Seit über einer Woche war sie schon im Dorf, hatte das Haus aber kaum verlassen, um niemandem über den Weg zu laufen – damit Jonathan nicht von ihrer Anwesenheit erfahre.

Sie hatte Angst vor der Begegnung mit ihm, vor ihren Gefühlen, Angst davor, die kühle Distanz, die sie sich für den künftigen Umgang mit ihm vorgenommen hatte, könnte unter dem Blick seiner warmen Augen schmelzen wie Butter an der Sonne. Ihr Leben hatte eine Wende genommen und sie wollte andere nicht mit hineinziehen. Und vor allem kein Mitleid. Wie könnte sie, die nunmehr ohne Zukunft war, sich jemandes Zukunft zumuten? Aber es tat weh, unendlich weh.

Das Leiden am eigenen Schicksal vermischte sich mit ihrem Schmerz um den Verlust des Geliebten, mündete in quälende Einsamkeit und bitterste Hoffnungslosigkeit. Es war eine undurchdringliche graue Schwere: Ewig während Dämmerung, die weder von der Dunkelheit der Nacht erlöst noch durch einen hereinbrechenden Lichtstrahl zu einem neuen Tag erweckt wurde.

Ohne zu sehen, blickte sie aufs offene Meer hinaus. Es dauerte eine ganze Weile, bis sie die Bewegung wahrnahm, die sich vor dem Wellengang abzeichnete. Ein recht großer Fisch sprang immer wieder aus dem Wasser. War es ein Delfin? Jetzt, da sie bewusst hinschaute, begann er sich in der Luft zu drehen, er vollführte Salti und Schrauben, tauchte Kopf voran in die Fluten oder ließ sich klatschend auf den Rücken fallen, blieb jeweils einen winzig kurzen Moment in der Luft stehen, bevor die Schwerkraft ihn wieder hinunterzog.

Mit staunenden Augen verfolgte die junge Frau gebannt das Schauspiel. Auf einmal fand sie sich in den glücklichen Tagen ihrer Kindheit wieder, als sie bei ihrer Tante in einem kleinen süditalienischen Dorf in den Ferien weilte und der Jahrmarkt einzog. Sie erinnerte sich an die Spannung, die freudige Erwartung und dieses unheimliche Gefühl in der Nähe der dunkelhäutigen, bärtigen Gaukler, die dann am Abend, im rotschimmernden Licht der Lagerfeuer, brennende Fackeln schluckten, barfuß über einen Teppich von Glasscherben liefen und die Bären an der Kette tanzen ließen. Sie lachte, ihre Augen leuchteten. In jene sorgenlose Zeit versunken, bemerkte sie nicht, dass der Fisch seine Vorstellung beendet hatte. Plötzlich unterbrach eine Stimme das eintönige Rauschen des Meeres: „Wenn du mich küsst, erfülle ich dir einen Wunsch."

Serena zuckte zusammen und kehrte jäh in die Gegenwart zurück. Der große Fisch lag neben ihr auf einem Felsen, der nur wenig aus der Gischt herausragte, und glotzte sie an. „Ich bin kein Kind mehr", gab sie bitter zurück, „ich glaube nicht mehr an Märchen." ‚Er ist schön', dachte sie, ‚wie er in allen Regenbogenfarben schillert.' Das hatte sie vorher, aus der Entfernung, nicht bemerkt.

„Aber Wünsche hättest du doch…" Er ließ sich nicht entmutigen, denn solange sie ihm antwortete, war ihre Bemerkung nicht ernst zu nehmen. Die meisten Erwachsenen gaben vor, nur an das zu glauben, was sie sahen;

seine Existenz leugneten sie dennoch, sobald er mit ihnen zu reden anfing, obwohl sie ihn sahen und oft sogar seine bunten Schuppen berühren durften. Sie maßten sich an, mit ihrem menschlichen Verstand etwas zu beurteilen, das jenseits des Verstandes lag. Das war, als wollten sie mit einem einfachen Meterstab den Umfang der Sonne messen. ‚Aber so sind die Menschen eben', dachte er und hatte sich längstens daran gewöhnt, dass man ihn mit Namen wie Trugbild, Wachtraum, Hirngespinst oder Ichsollteaufhörenzutrinken bezeichnete.

Serena atmete tief ein und hielt die Luft so lange an, bis sie gewaltsam wieder aus ihr herausströmte. „Ja, einen Wunsch habe ich allerdings", sagte sie, und Trostlosigkeit schwang in ihrer Stimme mit, „aber den kann mir niemand erfüllen."

Der Fisch gab sich erstaunt: „Nur einen? Die meisten Menschen haben unzählige!"

Traurig schüttelte sie den Kopf: „Ich habe nur einen, glaub mir, alles andere ist unwichtig."

Er setzte sein Spiel mit ihr fort: „Du träumst von der großen Liebe und sehnst dich nach deinem Märchenprinzen – oh, nein, entschuldige, du glaubst ja nicht an Märchen!"

Jonathans Bild in ihrem Herzen lachte sie an und seine Augen strahlten. „Nein, die große Liebe habe ich längst gefunden. Aber auch das nützt nichts, wenn…" Sie unterbrach sich und fuhr barsch weiter: „Was erzähle ich dir da? Was geht es dich an? Und überhaupt: Bin ich schon ganz von Sinnen – ein sprechender Fisch!"

Er wusste, dass jetzt der kritische Augenblick gekommen war, in dem sich entschied, ob sie an seine Existenz glaubte oder nicht, und er lenkte schlau ab: „Du brauchst dich doch nur ein bisschen zur Seite zu neigen und dann küsst du mich. Es muss ja nicht gerade auf den Mund sein, wenn du dich davor ekelst. Nachher denkst du in Ruhe über deinen Wunsch nach."

Einen Moment lang hatte sie die Situation als unwirklich empfunden, aber schon ließ sie sich wieder hineinziehen. „Ich habe dir doch gesagt, dass ich nur etwas will, etwas ganz Bestimmtes, da brauche ich nicht lange überlegen!", antwortete sie trotzig.

Der Fisch setzte eine weise Miene auf: „So genau weiß man das nie. Mancher Wunsch erscheint einem heute ungeheuer wichtig und morgen schon ist er bedeutungslos. Oder er erfüllt sich, wie von selbst, und dann taucht ein neuer auf."

Serena schwieg. Wozu sollte sie ihm erklären, dass all ihre kleinen Wünsche, ja ihr ganzes Leben keinen Sinn mehr hatten, wenn dieser eine nicht wahr wurde?

Mit gespielter Ungeduld fragte der Fisch: „Was ist nun: Küsst du mich oder küsst du mich nicht?", und fuhr ohne eine Antwort abzuwarten pathetisch fort: „Lange kann ich dir nicht mehr zu Füßen liegen, mein Element ist nicht die Luft, es zieht mich zurück in die Tiefen des Ozeans."

Als sie immer noch nicht reagierte, umwarb er sie mit übertriebener Schmeichelei: „Viele Frauen haben mich schon geküsst, aber keine war so bezaubernd wie du. Komm, du hast doch nichts zu verlieren! Schließ die Augen, stell dir vor, ich sei dein Freund, die große Liebe, von der du mir erzählt hast. Über deinen Wunsch denkst du nochmals gründlich nach, und wenn du dir ganz sicher bist, komme ich wieder und erfülle ihn dir."

Serenas Sinne und ihr Verstand waren wie abgeschaltet; eine Aura von magischer Liebe umgab sie, wie sie, auf dem Felsen kniend, sich vornüber beugte, den Fisch in die Arme nahm und ihre Lippen auf seine Wange legte. Fern von Zeit und Raum verharrte sie lange so, sie spürte auch ihren Körper nicht mehr. Als sie die Augen wieder öffnete, war sie allein.

Die wunderbare Schwingung, die sie eingehüllt hatte, löste sich mehr und mehr auf. Sie ließ den Kopf hängen und weinte voller Bitterkeit und Enttäuschung. Für eine kurze Weile hatte sie sich in eine märchenhafte Hoffnung entführen lassen, aber die Härte der Wirklichkeit holte sie nun wieder ein und wich nicht mehr von ihrer Seite.

7

Mitten in den Feldern, bei einer Mauer aus kunstvoll aufeinander geschichteten Steinen, lehnte Jonathan an einen alten Olivenbaum und beobachtete eine pelzige Raupe, die am knorrigen Stamm langsam emporkletterte. Eine Woche war im Rhythmus des Fischers vorübergegangen, äußerlich gleich der vorangehenden und der nächsten, und doch schien ihm, alles erstrahle in einer neuen Leuchtkraft und gebe einen frohen Laut von sich, die von Tag zu Tag heller und klarer wurden, wie wenn man sich auf ein Licht und einen Klang zubewegt.

Das Erlebnis mit dem bunten Fisch war verblasst; er dachte selten daran, aber als Schwingung in der Tiefe seines Herzens war es allgegenwärtig, wie liebliche Hintergrundmusik, die man bewusst kaum wahrnimmt. Er war sich auch keineswegs mehr sicher, ob er die wundersame Begegnung nicht doch geträumt hatte. Vielleicht war er an der Sonne eingedöst und in diesem seltsamen Zustand zwischen Wachen und Schlafen hatte sich die Wirklichkeit des Fischfangs mit der mythischen Welt des Unbewussten vermischt. Über den Wunsch, ob echt oder der Fantasie entsprungen, sann er nicht länger nach. Doch dieses Versprechen war für ihn wie ein kostbares Kleinod, das man in einer Schatulle verwahrt: Man weiß stets, dass man es besitzt und jederzeit hervorholen kann, um sich daran zu erfreuen.

Die Raupe entschwand im Laub seinem Blick. Er zog den Arm, den er zärtlich um den Baumstamm gelegt hatte, zurück, stieg hinauf bis zur Anhöhe des steilen Hügels und schaute auf sein Dorf hinab. Es hatte sich da etwas verändert, das spürte er deutlich, das ihm genauso greifbar war wie die raue Baumrinde, die er eben noch umarmt hatte.

Solche Wahrnehmungen gehörten, soweit er sich zurückerinnerte, zu seinem Alltag. Erst im Schulalter war ihm bewusst geworden, dass die anderen Kinder keinen vergleichbaren Sinn dafür besaßen, und die Erwachsenen erst recht nicht. So sprach er nicht mehr darüber. Dennoch waren sie für ihn so normal, dass er nicht umhinkonnte, sie ernst zu nehmen, genauso wie jedermann seinen Augen und Ohren vertraut. Und seit ein paar Tagen fühlte sich das Dorf einfach anders an.

Einer plötzlichen Eingebung folgend, wandte er sich ab und schlug den Weg zur kleinen Bucht ein, wo der Elefant stolz aus den Wellen des Meeres ragte. Noch bevor er beim Felsen anlangte, überkam ihn unvermittelt eine nie zuvor gekannte Einsamkeit: Er war allein auf der Welt, von allem und jedem abgeschnitten, ein Wanderer in einer dürren Wüste, verloren in der Einöde. Düsternis sank über ihn. Verzweifelt schaute er um sich: Meer, Himmel, Steine, sogar die Möwe, die in geringer Entfernung vorbeiflog, alles schien unbelebt. Seine Verlassenheit trennte ihn von der Welt und machte ihn heimatlos.

Betäubt von dumpfem Schmerz, der Ohnmacht preisgegeben, ließ er sich nahe dem Wassersaum auf den steinigen Strand sinken. Er wusste nicht, was ihm geschah, woher die schwere Dunkelheit kam, die ihn überfallen hatte, und wie er sich dagegen wehren könnte. Kraft spürte er nach wie vor in sich, aber sie half nicht, er war unfähig sie einzusetzen – wofür, wogegen auch?

Das Gefühl der Trostlosigkeit wurde stärker und stärker, es war wie ein ungebremstes Fallen in ein schwarzes

Nichts ohne Grund, und der Schmerz verwandelte sich langsam in eine zehrende Sehnsucht, die sein Herz und seine Eingeweide zusammenkrampfte.

Er richtete sich leise stöhnend auf, der Elefantenfelsen erschien in seinem Blickfeld, mächtig und vertraut. Und zu seinen Füßen eine Frau, dem Meer zugewandt.

‚Serena!', schrie es in ihm, als wäre dies der Name seiner ganzen Einsamkeit, all seiner Sehnsucht. Er wollte aufstehen, zu ihr hinlaufen, doch noch bevor er sich regte, hörte er eine Stimme neben sich: „Warte!"

Der bunte Fisch lag im seichten Wasser, das nur gerade seinen Bauch umspülte. Jonathan schaute ihn wortlos an, in seiner Gefühlsverwirrung noch gefangen und ahnend, dass er gleich weitersprechen würde.

„Geh nicht auf sie zu", fuhr der Fisch in einem ruhigen, bestimmten Ton fort, „nimm ihr die Chance nicht, dass sie zu dir kommt, wenn es für sie Zeit ist."

Langsam wich die innere Finsternis, Jonathan erwachte aus seinem Albtraum und kehrte in die Wirklichkeit zurück, in seine besondere Wirklichkeit, in der farbige Fische sprechen und einem sagen, was man zu tun hat.

Er lächelte zur jungen Frau hinüber, die immer noch reglos dasaß. „Das ist doch Serena! Ich habe sie zwar lange nicht gesehen, aber ich spüre, dass sie es ist! Warum darf ich nicht zu ihr?"

„Sie ist es und sie ist es doch nicht", antwortete der Fisch. „Der gleiche Mensch kann nicht zweimal den Fuß ins gleiche Meer setzen. Ihr Verstandeswesen habt immer über alles ganz bestimmte Vorstellungen. Ihr glaubt, die Dinge und Menschen seien so, wie ihr sie in eurer Erinnerung bewahrt. Aber nichts ist ewig, alles ist dem steten

Wandel unterworfen und verändert sich von Sekunde zu Sekunde, Stunde zu Stunde, Tag zu Tag. Es ist eine ständige, manchmal zwar sehr langsame, beinahe unmerkliche, dennoch unaufhaltsame Evolution", wiederholte er mit Nachdruck. „Das Meer, der Stein, die Blume, die Möwe, der Mensch – alles entwickelt sich fortwährend. Ohne diesen Prozess gäbe es kein Entstehen, kein Werden und keine Heimkehr ins unbewegte Sein. Das ist das Gesetz des Universums, einen Stillstand gibt es nicht, und auch keinen Rückschritt, nur ein Vorwärtsgehen zum Ziel."

Jonathan, der nicht verstand, worauf dieser Vortrag hinauswollte, nutzte die Pause des Fisches, als dieser den Kopf schnell unter Wasser tauchte, um Atem zu holen, und warf ungeduldig ein: „Das weiß ich doch. Du verschwendest große Worte für eine einfache Sache. Und was hat das mit Serena zu tun? Wie sie sich auch verändert hat, lass es mich herausfinden! Ich liebe sie, ich will sie in den Arm nehmen, wer auch immer sie heute ist. Und ob ich zu ihr gehe oder sie zu mir kommt, was soll der Unterschied? Sie wird mich ohnehin gleich entdecken –", er lachte, „sie konnte noch nie lange still sitzen!"

Der Fisch schaute ernst drein; er sah ein, dass er zu weit ausgeholt hatte mit seiner undurchsichtigen Begründung. Um abzulenken, äffte er ihn nach: „Sie konnte noch nie lange still sitzen! Siehst du, genau das meine ich doch: Du hast eine Vorstellung von ihr, aber sie stimmt nicht mehr."

„Ja, ja", unterbrach Jonathan, der es kaum erwarten konnte, die alte Freundin zu überraschen, und in diesem Moment die Muße nicht aufbrachte, philosophische Gespräche zu führen, „ist ja gut. Vielleicht sitzt sie jetzt gerne still, das ist nicht wichtig. Ich bin doch gespannt darauf, eine neue Serena zu begrüßen und nach und nach kennenzulernen. Weißt du, so wie die Würfel, mit denen wir als Kinder spielten: Richtig zusammengefügt ergaben sie ein Bild, dann drehte man einen um den anderen in die gleiche Richtung und langsam entstand etwas Neues. So lass mich doch endlich zu ihr!"

Der Fisch teilte Jonathans Leichtigkeit nicht. Mit unverminderter Strenge setzte er seine Rede fort: „Ihr seid keine Kinder mehr. Ein Stück Lebensweg liegt hinter euch: Du bist auf dem sonnenbeschienenen Pfad gewandert, aber Serena irrt gerade im Schatten und ist auf ein riesiges Hindernis gestoßen. Sie weiß noch nicht, wie sie damit umgehen soll, ausweichen, übersehen, haltmachen, aufgeben... Du wirst ihr helfen, es zu bewältigen, aber du musst warten, bis sie dazu bereit ist. Zudem steht für dich noch eine Erfahrung an, bevor es Zeit ist, dich auf deine Jugendfreundin einzulassen." Er sprach zwar rätselhaft, aber mit solcher Überzeugung aus seinem tieferen Wissen, dass Jonathan die innewohnende Wahrheit erfühlte und bereit war zu gehorchen. Es kam ihm gar nicht in den Sinn zu fragen, worum es sich denn eigentlich handelte.

„Geh jetzt weg", forderte der Fisch ihn auf. „Und noch etwas: Lass los, was du vorhin erlebt hast, es gehörte nicht zu dir. Du hast eine Schwingung von außen aufgenommen, eine Bedrückung, die nichts mit dir zu tun hat. Vergiss es einfach."

Für einen winzig kurzen Augenblick regte sich in Jonathan nochmals die ganze Düsternis, um dann von ihm abzufallen wie eine überschwere Last, die man einfach zu Boden sinken lässt. Ohne sich zu verabschieden, sprang der Fisch auf und tauchte im tieferen Wasser unter.

Dankbar und mit wiedergefundener heiterer Gelassenheit schaute Jonathan Serena noch eine Weile liebevoll an, bevor er sich auf den Heimweg machte. Erst unterwegs fiel ihm auf, dass der Fisch sich nicht nach seinem Wunsch erkundigt hatte.

8

Mit geschlossenen Augen vor der Sonne, die durch das kleine Fenster einen Strahl direkt in ihr Gesicht legte, saß die Großmutter im Lehnstuhl mit den geblümten Kissen. Jonathan klopfte leise an, bevor er eintrat. Er küsste die alte Frau auf die runzelige Stirn, setzte sich ihr gegenüber auf den Hocker und fasste zärtlich ihre Hand.

„Du hast mich rufen lassen, Nonna?"

„Ach, Jonathan, ich bin eine alte Frau", begann sie, und er unterbrach sie sogleich: „Aber nein, du hast ein jugendliches Herz!"

Unbeirrt fuhr sie fort: „Ich bin alt, Jonathan, und meine Schwester Carmela ist weit weg – erinnerst du dich an sie? Es sind so viele Jahre her, seit sie das letzte Mal nach Hause gekommen ist, da gingst du noch nicht zur Schule."

„Ich erinnere mich nicht, und doch kenne ich sie ganz gut, du hast viel von ihr erzählt, Nonna."

„Bevor ich sterbe", sagte die Großmutter mit bewegter Stimme, „möchte ich sie noch einmal sehen."

Er streichelte ihre Hand. „Du wirst doch noch nicht sterben! Verschweigst du uns etwas?", fragte er ernst.

Zum ersten Mal öffnete sie jetzt die Augen und lächelte ihn an: „Ich bin müde, Jonathan, und ich weiß nicht, was der liebe Gott mit mir vor hat. Aber ich bin sicher, er wird mich nicht abberufen, ohne dass ich mich von meiner Familie verabschieden kann. Ihr, du, Salvino, Bartolomeo und die anderen, ihr seid ja alle in meiner Nähe. Aber Carmela", sie seufzte, „Carmela ist als junge Frau weggezogen, und ich habe sie nicht mehr oft gesehen. Und jetzt, mit ihrem bösen Bein, ist es ihr nicht mehr möglich, lange

Reisen zu unternehmen." Wieder seufzte sie und redete nicht weiter.

Er erfasste schon, was noch unausgesprochen war, und schaute sie ungläubig an: „Du willst zu ihr nach Lucca?"

Noch nie hatte die Großmutter die Insel verlassen. Sie hatte sich sogar geweigert, an der Hochzeitsfeier einer ihrer Enkelinnen auf der Nachbarinsel teilzunehmen. „Hier bin ich geboren", meinte sie damals, „und ich gehe nur so weit, wie meine Füße mich tragen. Wenn unser Herr Jesus gewollt hätte, dass ich das Meer überquere, dann könnte ich auf dem Wasser laufen, wie er."

Und jetzt war sie tatsächlich entschlossen, diese weite, beschwerliche Reise zu unternehmen: von der kleinen auf die große Insel, dann nochmals übers Meer zum Festland und weiter halb Italien hinauf bis in die Toskana?

Jonathan lachte laut und wiederholte: „Du, Nonna, du willst zu Zia Carmela?"

Sie holte theatralisch aus, wie um ihm eine Ohrfeige zu verpassen, und äffte seinen verwunderten Ton nach: „Ja, ich, die Nonna, werde zu Carmela reisen, und unser Herr Jesus wird bei mir sein. Aber ich kann nicht mehr so gut sehen, und die Leute aus dem Norden verstehen mich nicht, wenn ich rede…" Sie zwinkerte mit den Augen: „Und sie verstehen ja auch den Herrn Jesus nicht mehr, wenn er mit ihnen spricht!" Sie hielt inne.

Er ahnte, dass sie sich schon etwas ausgedacht hatte, und drängte: „Ja und, komm, erzähl schon, wie soll das denn gehen?"

Mit der ganzen Autorität, die das unausgesprochene Matriarchat der Insel und ihr ehrwürdiges Alter ihr verliehen, ordnete sie an: „Du begleitest mich."

Jonathans Herz stand beinahe still. Binnen Sekunden überblickte er diesen Entschluss in seiner ganzen Tragweite: Er sollte weg, in den Norden! Ausgerechnet jetzt, da Serena vom Norden hierher zurückgekehrt war. Lange hatte er sie nicht gesehen. Er war nicht zu ihr in die Ferne gefahren, und nun, da die ersehnte Begegnung unmittelbar bevorstand, sollte er weg? Der Fisch hatte doch gesagt, sie brauche ihn. Er wollte in ihrer Nähe warten und für sie da sein, wenn sie ihn aufsuchte. ‚Ich liebe sie', schrie es so laut in ihm, dass er sich schlagartig in der Wirklichkeit zurückfand und befürchtete, die Großmutter hätte seinen inneren Ausruf vernommen.

„Aber Nonna", wandte er ein, „ich war doch auch noch nie auf dem Festland! Wie soll denn der Blinde den Einäugigen führen?"

Jetzt gab sie ihm liebevoll den angekündigten Klaps: „Du hast zwei gesunde Augen und lesen kannst du und verständlich reden wie die Studierten. So schwer wird es nicht sein, in den richtigen Zug einzusteigen! Und in Lucca holt uns Arturo, Carmelas Mann, am Bahnhof ab." Die alte Frau war voller Zuversicht und kindlichem Vertrauen.

Jonathan versuchte es mit einer anderen Ausrede: „Soll ich den Vater ganz allein lassen? Du weißt doch, dass es ihm in letzter Zeit nicht besonders gut geht. Die Arbeit ist schwer, nie könnte er es ohne mich schaffen!"

Wie er aber versuchte, seiner Bestimmung zu entfliehen, spürte er jenes bekannte Unbehagen, das immer in ihm aufkam, wenn er im Begriff war, gegen sich selbst zu handeln, dieses unerklärliche ungute Gefühl, eine Art Unlust, über das sich die meisten Menschen jeweils mit Hilfe des Verstandes erfolgreich hinwegsetzen.

Nicht so Jonathan. Er vertraute seiner inneren Stimme: Wenn sich seine Seele sanft und leise meldete, so entsprang sein Widerstand gegen diese Reise offenbar einer anderen, ihm unbekannten Quelle.

Wie um seine Empfindung zu bestätigen, ließ die Großmutter kein Argument gelten. Sie erwiderte entschlossen: „Ich werde mit Salvino reden. Einer der jungen Burschen, die keine Arbeit haben und den ganzen Tag nur herumlungern, kann deinen Teil übernehmen. Ich habe von der Kriegsrente deines Großvaters selig etwas auf die Seite gelegt; damit kann dein Vater eine Hilfskraft bezahlen."

Jonathan senkte die Augen. „Wie lange willst du bei Zia Carmela bleiben?", fragte er resigniert.

„Was denkst du denn?", gab sie mit der Gebärde eines Generals zurück, der die feindliche Abwehr überwunden hat. „Wenn ich schon die weite Reise auf mich nehme, bleibe ich dann auch eine Weile! Vielleicht einen Monat", fügte sie mit fragendem Unterton hinzu.

„Nonna!", rief Jonathan entsetzt. „So lange?" Einen ganzen Monat sollte er noch auf das Wiedersehen mit Serena warten? Und wer weiß, wenn es der Großmutter bei ihrer Schwester allzu gut gefiel und sie ihren Aufenthalt verlängerte? Der sonst so besonnene und ruhige junge Mann ereiferte sich plötzlich und redete schnell auf die alte Frau ein, gleichsam bittend und fordernd: „Nonna, das geht nicht, so lange kann ich nicht fernbleiben. Und was soll ich die ganze Zeit in Lucca? Natürlich freue ich mich auf Zia Carmela, aber was mache ich dann Tag für Tag? Das verstehst du doch, Nonna? Auch kann der Vater mich nicht ewig entbehren; es ist nicht dasselbe mit einem Fremden wie mit dem eigenen Sohn. Und schade um dein gespartes Geld ist es auch. Hör zu, Nonna, wir machen es so: Ich begleite dich nach Lucca, verbringe ein paar Tage mit euch und fahre dann zurück. Wenn du wieder nach Hause willst, komme ich dich abholen. Einverstanden?"

So verwirrt und erregt hatte sie ihren Enkel noch nie gesehen. Sie dachte bei sich, da müsse mehr dahinterstecken. Er ließ ihr aber keine Zeit zum Überlegen und drängte: „Einverstanden, Nonna? Sag schon, das ist doch eine gute Lösung!"

Sie nickte: „Wenn du meinst, dass es für dich besser ist – ja, dann machen wir es so."

Jonathan atmete auf. Er war zwar nicht begeistert, auch nur die paar Tage, woraus dann bekanntlich schnell einmal eine Woche wurde, zu verreisen; doch zugleich spürte er die Erleichterung, nicht gegen seine innere Stimme zu handeln. „Wann willst du denn fahren?", fragte er.

Sanft antwortete sie: „Bitte kümmere dich darum, übermorgen oder Ende Woche, sobald du alles geregelt hast."

9

Vater und Sohn sprachen nie viel, wenn sie zusammen aufs Meer hinausfuhren. Salvino war ein wortkarger Mensch; er dachte zwar über manches nach und bildete sich eine Meinung, behielt sie aber mit einer ihm eigenen Selbstverständlichkeit für sich. Es geschah nicht aus grimmiger oder verbitterter Abkehr von der Umwelt oder einsamer Überheblichkeit, er schwieg, weil es in seiner Natur lag. Er stellte diesen Charakterzug nicht in Frage, wie er überhaupt nie das Bedürfnis verspürte, an seiner Wesensart etwas zu ändern. Nicht dass er sich für vollkommen oder unfehlbar hielt, im Gegenteil, er war mit sich selbst nicht besonders zufrieden, sah viele Unzulänglichkeiten. Aber er zog es gar nicht in Betracht, an seinem Verhalten und seinen Denkmustern bewusst zu arbeiten. Auch fehlte ihm die Einsicht, dass die Evolution ein stetes Voranschreiten fordert. Seine innere Entwicklung, von der er nicht ahnte, dass er ihr nicht entgehen konnte, ob er sie nun bewusst vorantrieb oder unbeabsichtigt über sich ergehen ließ, verlief unter dem mehr oder minder sanften Druck der äußeren Umstände. Wie bei vielen Menschen.

So steuerte er schweigsam den Kutter über die Wellen und sein Sohn legte die Netze aus, jeder in seine eigenen Gedanken vertieft.

Jonathan war verwirrt. Sein junges Leben lang hatte er immer gewusst, was für ihn stimmte; er konnte sich nicht erinnern, je an seinem Handeln gezweifelt zu haben. Oft wunderte er sich über die Unentschlossenheit anderer, über ihre Unsicherheit und ihre Gewissenskonflikte. Er spürte immer nur den einen gangbaren Weg, als gäbe es die Möglichkeit überhaupt nicht, denkbare Alternativen zu prüfen und die verschiedenen Folgen abzuwägen. Es war für ihn völlig selbstverständlich und normal, dass sein Gefühl ihm fortlaufend genau vorschrieb, was zu tun und was zu lassen sei, und er ihm gehorchte, wie beim schrittweisen Befolgen einer Gebrauchsanleitung. Darin unterschied er sich von den meisten Menschen. Er hätte es zwar nicht in Worte fassen können, aber tief in seiner Seele war dieses Wissen, dass der Mensch gar keine andere Wahl hat, als sich von seiner inneren Stimme leiten zu lassen und die daraus entstehenden Folgen gleichmütig anzunehmen. Wie könnte er sich anmaßen, mit seinem begrenzten Verstand und all seinen prägenden unbewussten Mustern über richtig oder falsch zu urteilen?

In Jonathans Urvertrauen, dass der kosmische Plan jedes Handeln in sein Puzzle einfügt und zum Stimmen bringt, lag wohl der Schlüssel zu seiner Unbeschwertheit und zu seiner Fähigkeit, das Leben anzunehmen, wie es gerade auf ihn zukam. Deshalb schaute er auch nie zurück und quälte sich nicht mit Fragen, wie es wohl herausgekommen wäre, wenn…

Doch für einmal war auch er verwirrt und misstraute seinem Gefühl, denn etwas in ihm zog in eine andere Richtung, als wollte plötzlich mehr als die eine innere Stimme den Ton angeben. Obwohl seine Seele ihm in der gewohnten Intensität und Deutlichkeit bestätigte, die Reise nach Lucca sei richtig, überwältigte ihn beim Gedanken, die Insel für mehrere Tage zu verlassen, ein unbegreiflicher Unmut. Er liebte die Großmutter – trotzdem kam es ihm ungelegen, ihr zu helfen? ‚Ist meine Liebe für Serena so viel stärker?‘, fragte er sich. ‚Ist Liebe denn messbar? Ist sie nicht vielmehr ein unendliches, unteilbares Sein, das man immer in seiner Ganzheit schenkt, ohne es aufzusplittern und ohne dass es sich vermindert?' Um sich selbst zu überzeugen, ließ er sogar seinen Verstand zu Worte kommen, der ihm versicherte, die Nonna brauche ihn und es käme beim Wiedersehen mit der geliebten Freundin bestimmt nicht auf die eine Woche an. Doch seit er sie beim Elefantenfelsen gesehen und der Fisch so seltsam gesprochen hatte, zerrte eine undefinierbare Unruhe an seiner Gelassenheit. Er versuchte sich einzureden, er mache sich Sorgen um sie; aber er spürte, dass es nicht das war, sondern in ihm eine Kraft wirkte, die er in dieser Form noch nicht erfahren hatte.

Es war dunkel, erst zwei Tage nach Neumond. Den in allen Regenbogenfarben schillernden Fisch sah er trotzdem deutlich, wie er ganz nahe beim Schiff aufsprang, untertauchte und dann nur gerade mit dem Kopf hervorschaute. Sogleich griff er Jonathans Gedanken auf: „Du willst das Ruder selbst übernehmen", sagte er.

Jonathan blickte erstaunt nach vorne zu seinem Vater, der das Boot steuerte.

„Das Ruder des Schicksals", präzisierte der Fisch. „Du willst. Du willst über dein Leben bestimmen. Hast du vergessen, dass immer alles so geschieht, wie es gut ist – für dich und für alle anderen?" Der weise Fisch knüpfte an das Gleichnis mit dem Theater an, das Jonathan bei ihrem ersten Gespräch eingebracht hatte: „Lass das kosmische Schauspiel sich entfalten, versuche nicht, dagegen zu wirken, verschwende keine Kraft in den Widerstand! Oder glaubst du nicht mehr an das vollkommene Drehbuch, das für das unscheinbarste Seepferdchen wie für die ganze

Milchstraße und alles, Belebtes und Unbelebtes, was dazwischen liegt, gleichermaßen und gleichzeitig stimmt?"

„Doch", bestätigte der junge Mann leise, „natürlich weiß ich, dass es so ist."

„Wenn nun auf dieser kosmischen Bühne der erhabene Regisseur eine bodenständige Großmutter, die sich ihr Leben lang weigerte, ihre Insel zu verlassen, plötzlich dazu bewegt, eine weite Reise zu unternehmen – verfolgt er da nicht eine ganz bestimmte Absicht? Vielleicht erwartet dich in Lucca ein Schritt, der auf deinem Lebensweg vorgesehen ist: Willst du dich dem widersetzen? Vielleicht sollst du aber nur für eine Weile von Serena weg... Wer weiß das schon! Auch wenn du den Sinn darin nicht siehst: Vertraue einfach auf den, der weiß, was er tut."

Jonathan nickte: „Du hast recht, das ist mir alles klar. Aber weshalb fühle ich mich nicht wohl dabei? Warum habe ich keine Lust, nach Lucca zu gehen? Wieso tut es mir so weh?" Er hatte zunehmend lauter gesprochen und diese letzte Frage schrie er förmlich in den Wind hinaus.

Sein Vater wandte den Kopf: „Mit wem sprichst du?"

„Mit dem Fisch da unten", gab Jonathan unbedacht zurück.

Salvino lächelte vor sich hin und schaute wieder geradeaus. Einen sonderbaren Jungen hatte er. Schon als Kind redete er mit Bäumen und Blumen und erzählte wunderliche Geschichten über geflügelte Wesen, die er gesehen haben wollte. Das musste ein Erbe seiner Mutter sein, die manchmal auch so eigenartige Fantasien gehabt hatte.

„Wenn es weh tut", erklärte der Fisch, „ist dies ein untrügliches Zeichen, dass sich in dir etwas regt, das nicht zu deinem wahren Selbst gehört: dein Ego."

„Mein Ego? Ist das nicht das Ich? Das, was mich, Jonathan, ausmacht?"

„Das Ego ist das äußere Ich. Bei den meisten Menschen wacht es schon im frühen Kindesalter auf und drängt die Seele ganz tief nach innen. Darum fühlen die Menschen sie nicht mehr und glauben oft nicht, dass sie überhaupt existiert; sie erkennen ihre leise Stimme nicht oder misstrauen ihr und halten sich für das Ego. Deines ist nicht sehr stark, aber jetzt versucht es, die Seele zu übertönen. Diese will nämlich, dass du deine Aufgabe im kosmischen Schauspiel erfüllst und die Rolle, die der erhabene Regisseur dir zuteilt, so gut wie möglich spielst. Das Ich aber, von Wünschen und Begehren geprägt, kämpft dagegen an, es möchte seinen eigenen Willen durchsetzen. Der Schmerz ist der Preis dafür – die Seele kennt nämlich kein Leiden."

„Wo kommt dieses Ego so plötzlich her? Was will es überhaupt?", fragte Jonathan gereizt.

Der Fisch sprach in einem liebevollen, aufmunternden Ton weiter: „Wie ich dir sagte: Die Menschen leben darin und daraus, weil es stark und herrschsüchtig ist. Vom wahren Selbst wissen sie nichts. Deine Seele ist wach, das Ego hat nicht mehr viel Macht. Und du hast die Chance, es noch in diesem Leben fast ganz zu bezwingen. Deshalb erlaubt ihm der große Regisseur, sich zu erheben: damit du es erkennst, verstehst und dich bewusst von ihm lossagen kannst. Vielleicht sollst du gerade deshalb nach Lucca…"

„Und wie soll ich das machen?" Jonathan verstand nicht viel von dem, was der Fisch sagte; er nahm es auch nicht allzu ernst.

In dem Augenblick rief Salvino ihm zu: „Hör auf mit den Fischen zu reden, komm, übernimm das Steuer!"

Jonathan schaute seinen Gesprächspartner an. „Geh nur", forderte ihn dieser mit einem belustigten Blick auf, „auch dein Vater ist nur ein Schauspieler im kosmischen Theater: In diesem Moment hat der Regisseur ihn eingesetzt, um dich vor unnützen Fragen zu bewahren."

Der junge Mann zuckte mit den Schultern. Während er sich schon abwandte, fügte der Fisch noch hinzu: „Über das Ego braucht man nicht zu reden und zu theoretisieren, das bringt einen nicht weiter. Man muss den Mut haben, einfach auf sich zu hören, und die Folgen nicht fürchten, selbst wenn man nicht genau weiß, woher der innere Impuls kommt. Nur die Erfahrung lehrt, die Stimme der Seele und die Stimme des Ego nicht mehr miteinander zu verwechseln."

10

Lucca ist eine lebendige Stadt. Am Morgen bummeln die
Hausfrauen durch die autofreien Einkaufsstraßen, die sich
in den frühen Nachmittagsstunden für eine Weile leeren,
wie um auszuruhen, bevor dann gegen Abend die Jugend
der Stadt in solchen Scharen durch sie strömt, dass man
kaum mehr vorwärts kommt.

Obwohl Jonathan seine friedliche, verschlafene Insel
zum ersten Mal verlassen hatte, war ihm die Stadt nicht
unvertraut. Wohin man heute auch reist, ob zum Nordpol
oder in die Sahara, in die Erhabenheit von Paris oder in
Großstadtslums, nichts ist einem mehr völlig neu, alles
hat man im Fernsehen oder in Büchern schon gesehen und
man weiß über Land und Leute Bescheid. Es gibt keine
wahre Fremde mehr und für Überraschungen und Abenteuer bleibt wenig Raum.

Das Besondere an Lucca ist ihre Stadtmauer, die den
historischen Kern lückenlos umschließt. Von außen wirkt
sie nur wie ein mächtiges Backsteinbauwerk; von innerhalb offenbart sie sich als gewaltiger, aufgeschütteter Wall,
an schmalen Stellen noch rund zehn Meter breit. Darauf
ist eine Allee angelegt: in der Mitte eine asphaltierte Straße, beidseits davon ein breiter naturbelassener Streifen,
von hohen Schatten spendenden Bäumen gesäumt, nicht
nur die gewohnten Platanen, sondern auch lange Abschnit-
te mit Linden, die zur Blütezeit einen intensiven, süßen
Duft verströmen.

Eine Stunde braucht man, um die Stadt zu Fuß ein Mal
ganz zu umrunden. Von oben schaut man auf Terrassen
und Innenhöfe, über Dächer, in enge, gepflasterte Gassen,

auf Piazze, Türme, Kirchen und Palazzi. Blickt man hinaus in die Ferne, ruhen die Augen auf den dunkel bewaldeten toskanischen Hügeln.

Der Wall gehört zu Lucca wie zu seinen Einwohnern: Rentner treffen sich auf den Bänken zu einem Schwatz oder zum Zeitunglesen, Jogger, Radfahrer jeden Alters, Spaziergänger mit und ohne Hund, junge Mütter und Großmütter mit Kinderwagen suchen ihn auf, wie man andernorts in einen Park geht.

Jonathan spazierte gerne auf dem Wall, solange die Stadt noch schlief. Er stand immer früh auf und verließ leise das Haus, bevor seine Großmutter und ihre Gastgeber aufwachten. Am letzten Tag seines geplanten Aufenthalts in Lucca war es trüb und es regnete fein. Der Fischer war Nässe gewohnt, das graue Wetter konnte ihn von seinem morgendlichen Rundgang nicht abhalten. Lange begegnete er niemandem. So hing er seinen Gedanken nach, war bei Serena, seinem Vater und dem Fisch, von dem er noch einen Wunsch zugute hatte, und freute sich auf die bevorstehende Heimkehr. Gleichmut und innere Zufriedenheit hatte er wiedergefunden, liebte und lebte den Augenblick, und das bare Sein genügte ihm. Von außen brauchte er nichts zu seinem Glück.

Er ging nicht besonders schnell, schließlich hatte er kein Ziel und eine Menge Zeit. Plötzlich hörte er Schritte hinter sich, beschwingte Schritte voller Energie und Freude am Vorankommen. Sie holten ihn ein und blieben mit ihm auf gleicher Höhe. Er musste den Kopf wenden, um an der tief ins Gesicht gezogenen, wie Scheuklappen abschirmenden Kapuze seiner Regenjacke vorbeizuschauen: Eine junge Frau spazierte neben ihm.

„Ciao, Fremder", sagte sie, als ihre Blicke sich kreuzten. Ihre sinnliche Stimme ließ ihn erschauern. „Ciao, ich bin Jonathan", antwortete er und betrachtete sie neugierig. Der Regen schien ihr nichts anzuhaben, auf ihrem langen, dicht gelockten Haar perlten kleine glitzernde Tropfen, ihre feuchte Haut leuchtete und in ihren hellblauen Augen sprudelte die lebendige Kraft eines Wasserfalls.

Sie lächelte. „Ich heiße Laura. Gehen wir einen Kaffee trinken, die Bar da unten hat eben geöffnet", forderte sie ihn auf. Er nickte und folgte ihr.

Sie standen schweigend an der Theke, er sprachlos, weil er sich ganz dem Erspüren ihrer Schönheit und ihres Wesens hingab, sie, weil sie zum heißen, schwarzen Espresso genüsslich eine frische Brioche verzehrte. Als sie damit fertig war, strahlte sie ihn wiederum an und ergriff seine Hand: „Komm, ich zeige dir Lucca."

Sie schlenderten durch die Stadt, aber Jonathan sah nicht viel davon. Er war verwirrt und glücklich, glücklich und verwirrt.

Als Laura „Es ist schon spät, ich muss jetzt zur Arbeit" sagte, umarmte sie ihn und legte ihre Lippen auf seinen Mund. Mit entflammter Leidenschaft drückte Jonathan sie an sich und küsste sie innig.

„Wir treffen uns heute Abend in der Bar", sagte sie zum Abschied.

An jenem Tag rannen alle Wüsten dieser Erde durch die winzige Öffnung einer Sanduhr, bis es endlich Abend wurde. Jonathan wusste nichts mit sich anzufangen. Einmal saß er bei der Großmutter und Großtante Carmela im Wohnzimmer, wandte den Kopf von der einen zur anderen, als folgte er ihrem Gespräch. Danach begleitete er

Arturo in die Werkstatt, um ein Ersatzteil für die Vespa zu holen. Später legte er sich mit der Zeitung aufs Bett, bald schaltete er das Radio, bald den Fernseher ein – er fand keine Ruhe. Kaum wurde seine Aufmerksamkeit nicht geradezu gewaltsam gefesselt, stand er in Gedanken an der Straßenecke, wo Laura sich verabschiedet hatte, und erlebte diesen Kuss wieder. Er spürte ihre warme Hand, wie sie in der Bar die seine nahm, hörte ihre Schritte und ihr fröhliches ‚Ciao, Fremder' auf dem Stadtwall, fühlte ihre Umarmung, sah ihr Lächeln. In seinem ganzen Körper strömte ihre Schönheit und berührte ihn von innen.

Wann war Abend? Wenn es dunkel wurde? Hundertmal hatte er schon auf die Uhr geschaut, nachdem er für sich festgelegt hatte, dass er sich um sieben aufmachen wollte – eine Viertelstunde früher verließ er schließlich das Haus.

Laura war noch nicht da. Er trank etwas, wartete, aber bald kam er sich dumm vor, wie er allein am Tresen vor einem leeren Glas stand. Er irrte durch die Gassen und ihr Menschengewirr, suchte das Lokal erneut auf, schaute hinein – sie war noch nicht gekommen. Hatte er sie richtig verstanden? Doch, in der Bar wollte sie ihn treffen, und sie waren zusammen nur in dieser einen gewesen. Wie leichtsinnig, dass er sie nicht nach der genauen Zeit gefragt hatte. Abend – wann beginnt schon der Abend?

Er wollte nicht nochmals drinnen herumstehen. So langsam er nur konnte, schlenderte er die Gasse entlang, sich alle paar Meter umdrehend; sobald er so weit entfernt war, dass er den Eingang der Bar nicht mehr im Auge hatte, kehrte er um, spazierte zurück, warf einen Blick hinein und setzte seinen Weg in die andere Richtung fort. Dieses Vorgehen wiederholte er unzählige Male.

Die Verzweiflung begann sich in ihm breitzumachen und die ohnmächtige Angst, Laura nie wieder zu sehen. Er kannte ja nicht einmal ihren Nachnamen, wusste nicht, wo sie wohnte. Er hätte keine Chance, sie zu finden.

Es waren schon über zwei Stunden vergangen. Er spürte keine Müdigkeit, weder Hunger noch Durst, nur Entmutigung und Wut über sich selbst, weil er sie nicht um ihre Telefonnummer gebeten hatte; dazu gesellte sich die Enttäuschung, dass sie ihn sitzen ließ.

Ganz in seinen Emotionen gefangen, blind vor Liebeskummer, bemerkte er ihr Herannahen nicht, bis sie direkt vor ihm stand. Sie legte ihre Arme um ihn, und noch bevor sie ihn begrüßen konnte, küsste er sie leidenschaftlich und vergrub dann sein Gesicht mit Tränen der Erleichterung in ihrem dichten Haar.

Im Morgengrauen schlich sich Jonathan in das Haus seiner Großtante. Alle schliefen noch. Angekleidet legte er sich aufs Bett, er war hellwach, aufgewühlt von dieser überwältigenden Erfahrung. Äußerlich regungslos, fühlte er wie nie zuvor seine Lebenskraft in seinem ganzen Körper fließen und aus ihm strömen; es schien ihm, als würde das Zimmer davon ganz erfüllt.

Er war nicht mehr der Gleiche nach dieser Nacht mit Laura. Sie hatte ihren warmen Körper an seine Nacktheit geschmiegt, er sich ganz in sie fallen lassen und in ihrem Schoß eine betörende Sinnlichkeit erlebt. Eine neue, davor unbekannte und ungeahnte Welt hatte sich ihm aufgetan – diese Intensität der Empfindungen, dieses grenzenlose Glück! – und er wusste, dass er sie nie wieder missen wollte, nie wieder missen konnte.

11

Salvino war eben erst heimgekehrt und gerade dabei, die Suppe zu wärmen, als es leise an die Tür klopfte. „Avanti!", rief er, ohne sich umzudrehen.

Er hörte, wie jemand eintrat, sich aber nicht zu Wort meldete. Er wandte sich um. Eine junge Frau stand etwas schüchtern im Eingang und schaute ihn an. Einen Augenblick lang musste er sich besinnen, dann rief er erfreut: „Du bist doch Serena! Das ist eine Überraschung! Ich hätte dich fast nicht erkannt, du bist eine hübsche junge Dame geworden!"

Sie lächelte verlegen: „Buona sera, Zio Salvino!" Von klein an war sie bei Jonathan ein- und ausgegangen und hatte seine Eltern mit Onkel und Tante angesprochen.

„Ich wusste nicht, dass du hier bist, Jonathan hat mir nichts davon gesagt. Wie geht es dir?"

„Ich bin erst vor Kurzem angekommen, ich habe ihn noch gar nicht gesehen", rechtfertigte sie sich und ihren Freund. „Ist er nicht da?", fragte sie, sich verunsichert umschauend.

„Leider nein, er hat seine Großmutter nach Lucca begleitet", antwortete Salvino, aber mehr als bedauernd hörte er sich beinahe stolz an, dass sein Sohn in die ferne Toskana gereist war. „Doch in wenigen Tagen wird er zurück sein. Ich sage ihm dann, dass du daheim bist. Er wird sich riesig freuen! – Magst du mit mir essen?"

Sie wehrte ab: „Nein danke, ich wollte euch nur schnell grüßen. Ciao!" Schon war sie draußen, atmete erleichtert auf, Jonathan nicht gegenüberstehen zu müssen. Gleichzeitig schmerzte es sie. Tagelang hatte sie nun mit sich gerungen, darüber nachgedacht und sich vorgestellt, wie sich diese Begegnung abspielen würde, und jetzt, da sie all ihren Mut zusammengenommen und an seine Tür geklopft hatte, war er abwesend. Gewiss, er konnte nicht ahnen, dass sie auf der Insel war – sie hatte ja alles daran gesetzt, es geheim zu halten. Dennoch war sie enttäuscht, dass er nicht wie früher so selbstverständlich da war, wenn sie ihn sehen wollte.

Sie spazierte zum Hafen. Jetzt bestand kein Grund mehr, sich zu verstecken. Kaum war sie am Wasser angelangt, tauchte der bunte Fisch vor ihr auf.

„Hast du immer noch denselben einen Wunsch?", fragte er und spritzte mit der Schwanzflosse vorsichtig ein paar Wassertropfen zu ihr hoch.

„Ja, nur den einen", antwortete sie bestimmt.

„Und wenn ich dir diesen einen erfüllte, du aber deinen Traumprinzen für immer verloren hättest – was dann?"

Ihr Ausdruck verfinsterte sich. „Was soll das? Willst du mich erpressen? Wenn du es wirklich kannst, erfülle mir meinen Wunsch!"

Zwei Burschen in ihrem Alter, die sie von der Schule her kannte, hatten schon eine Zeit lang in geringer Entfernung gestanden und diskutiert und kamen jetzt auf sie zu.

„Ciao, Serena! Die Leute im Norden sind wohl recht unnahbar, dass du lernen musstest, mit dir selbst zu reden?", meinte der eine spöttisch.

Ohne direkt auf seine Bemerkung einzugehen, doch sogleich die Chance packend, um die Existenz ihres ungewöhnlichen Gesprächspartners zu überprüfen, gab sie trocken zurück: „Manchmal ist es angenehmer mit den Tieren zu reden als mit den Menschen." Sie zeigte auf den

Fisch, der keine Anstalten machte unterzutauchen, und wartete gespannt auf die Reaktion der jungen Männer.

Der kleinere neigte sich vor. „Oh, sie hat Kontakt mit dem Jenseits!", sagte er mit gespielter Ehrfurcht zu seinem Freund und deutete mit dem Finger auf eine tote Ratte, die auf der Wasseroberfläche trieb.

„Sie können mich nicht sehen", erklärte der Fisch. „Nur Menschen mit einem reinen Herzen haben offene Augen."

Während er sprach, beobachtete Serena die beiden Burschen, aber sie schienen nichts zu vernehmen. Lachend und kopfschüttelnd entfernten sie sich wieder.

„Sie können mich auch nicht hören. Die meisten Menschen sind taub für wahre Stimmen", ergänzte der Fisch.

„Die Wahrheit ist, dass du nur ein Fantasiegebilde bist! Ich befürchte, ich werde langsam verrückt", murmelte Serena mehr zu sich selbst und doch nicht restlos überzeugt. „Aber erfülle meinen Wunsch, dann glaube ich, dass es dich wirklich gibt."

Inzwischen hatte sich Beppi unbemerkt genähert und blieb direkt hinter ihr stehen. „Wie schön er ist!", lallte er bewundernd. „Einen solch farbigen Fisch habe ich noch nicht auf dem Markt gesehen!"

Der Fisch lachte freundlich: „Das wirst du auch nie! Ich bin einzigartig und es ist nicht so einfach, mich zu erwischen."

Serena schaute erstaunt vom einen zum andern und starrte dann Beppi an. „Du siehst ihn auch?", fragte sie ungläubig.

Weil er nicht verstand, was die Frage sollte, ging der Dorftrottel gar nicht darauf ein. Er hatte aber die letzten Sätze des vorangegangenen Gesprächs aufgeschnappt und das interessierte ihn brennend. „Kannst du wirklich Wünsche erfüllen?", fragte er den Fisch erwartungsvoll.

„Was, wenn ich es könnte?", antwortete dieser.

„Kannst du mich durchsichtig machen?"

„Ich glaube, das könnte ich", räumte der Fisch ein, „aber wozu sollte es gut sein?"

Beppi holte tief Atem, wie immer wenn er sich daran machte, eine längere Erklärung abzugeben: „Das wünsche ich mir schon lange! Weißt du, oft rufen mir die Kinder Schimpfworte nach, manchmal werfen sie auch mit Steinen nach mir. Wenn ich durchsichtig wäre, sähen sie mich nicht und könnten mich nicht treffen – und wenn es einem zufällig trotzdem gelänge, würde der Stein durch mich hindurch fliegen und mir nicht weh tun. Und ich könnte unbemerkt in Domenicas Haus gehen und da bleiben, so lange ich will, ihr bei allem zuschauen und sie berühren, ohne dass sie böse wird und mich hinauswirft. Und dann könnte ich bei der Messe vorne neben dem Herrn Pfarrer stehen und wüsste endlich, wie aus dem Wein Blut wird, und sicher sähe ich dann sogar Gott, den Herrn Jesus und die Engel – weil sie ja auch unsichtbar sind."

„Ja, Beppi", sagte der Fisch gewichtig, „würde ich dich unsichtbar machen, was bekäme ich dann dafür?"

Während der Dorftrottel überlegte, schlug Serena, die nicht recht wusste, ob sie wach war oder träumte, dem Fisch boshaft vor: „Bitte ihn doch um einen Kuss!"

Beppi reagierte nicht und dachte weiterhin angestrengt nach. Als er die Lösung fand, erhellte sich sein Gesicht: „Wenn ich durchsichtig bin, hole ich jeden Tag frische Fische vom Markt, da sieht mich ja keiner. So lange du lebst, füttere ich dich, versprochen!"

Der Fisch setzte eine vorwurfsvolle Miene auf: „Stehlen willst du?"

„Nein", erwiderte Beppi selbstverständlich. „Gestohlen ist nur, wenn ich etwas für mich nehme. Aber die Fische gehören ja dem Meer und ich werfe sie da hinein. Und du frisst sie dann – das ist doch normal."

Serena schüttelte es vor Lachen: „Normal! Deine Logik möchte ich haben!"

„Nein, Beppi, so nicht." Der Fisch sprach in einem Ton, der keine Widerrede zuließ. „Bei dir geht es um etwas anderes. Es ist dir schon einmal ein Wunsch erfüllt worden, vor langer Zeit, noch bevor du als Beppi auf dieser Insel geboren wurdest. Damals trugst du eine braune Kutte und führtest ein frommes Leben in Einsamkeit. Dennoch war es dir nicht gelungen, deinen Hochmut und deine Selbstgerechtigkeit zu besiegen. Weil dir aber bewusst war, dass dieses Hindernis dich vom Göttlichen trennte, batest du inbrünstig darum, es loszuwerden; dafür wolltest du alles geben und alles auf dich nehmen. So geschah es denn: Als Beppi durftest du die Tugend der Demut erlernen." Er schwieg kurz und fuhr dann mit einer warmen, feierlichen Stimme fort: „Deine Lehrzeit ist zu Ende. Geh jetzt nach Hause. Morgen, wenn du aufwachst, wirst du den Faden deiner Suche nach dem Göttlichen wieder aufnehmen."

Serena verstand überhaupt nichts. Der Dorftrottel hingegen lächelte selig, er schien die Worte mit einer inneren Weisheit zu begreifen. „Danke", sagte er tief bewegt und ging davon.

„Auch du machst dich nur über ihn lustig, wie alle anderen!", warf die junge Frau dem Fisch aufgebracht vor.

„Armer Beppi – womöglich glaubt er den Unsinn, den du

ihm erzählst. Wieso hast du ihn nicht einfach unsichtbar gemacht? Du kannst nämlich gar nicht zaubern, das ist die Wahrheit!", rief sie triumphierend.

„Du hast recht", gab der Fisch zu. „Nicht immer darf ich die Wünsche erfüllen. Aber das ist auch nicht nötig, denn die Gegenwart enthält nicht nur jede erdenkliche, sondern auch jede für den Menschen unvorstellbare Möglichkeit – und keine ist wahrscheinlicher als die andere. Einzig das Wissen macht das Geschehene unabwendbar."

Serena runzelte die Stirn und wiederholte: „Einzig das Wissen macht das Geschehene unabwendbar?"

Anstatt seine rätselhafte Aussage zu erläutern, fragte er unvermittelt: „Hast du die Geschichte von Schrödingers Katze schon einmal gehört?"

Ihr war es egal, dass er das schwierige Thema wechselte, und schüttelte erwartungsvoll den Kopf; Geschichten, und besonders solche über Tiere, mochte sie gern.

„Der Herr Schrödinger", begann der Fisch salbungsvoll, „war Physiker und als solcher ein etwas unpraktisch veranlagter Mensch, ein Theoretiker. Aber manchmal machte er Experimente – oder dachte sie sich zumindest aus, das weiß man bei diesen Leuten nie so genau. Als die Jungen seiner Katze alt genug waren, um sie von der Mutter zu trennen, nahm er eines Morgens das kleinste von ihnen und steckte es in eine Kiste. Darin befand sich auch eine Flasche; in ihr wohnte ein Geist, der dazu verdammt war, exakt jede zweite Nacht herauszukommen und sich eine neue Bleibe zu suchen. Dabei vernichtete er alles Leben in seiner unmittelbaren Reichweite. Nun war dem Herrn Schrödinger nicht bekannt, ob der Geist seine Behausung noch am gleichen oder erst am nächsten Tag wechseln würde. Die Chance, dass das Kätzchen diese Nacht überstand, war also gleich groß wie die Gefahr, dass es getötet würde. Am nächsten Morgen betrachtete der Herr Schrödinger die geschlossene Kiste. Er wusste nicht, ob das Tier noch lebte oder bereits tot war. Bis er den Deckel heben und hineinschauen würde, waren beide Möglichkeiten gleich wahrscheinlich, beide gleich wirklich. Obwohl das Kätzchen vielleicht schon seit mehreren Stunden tot war, für Herrn Schrödinger lebte es so lange, bis er sich Gewissheit verschafft hätte.“

Serena war nachdenklich geworden: „Du meinst: Nichts ist wirklich geschehen, bis man es zur Kenntnis nimmt? Die Vergangenheit soll veränderbar sein, solange man etwas nicht mit Sicherheit feststellt? Willst du damit sagen, dass für mich alles offen ist, bis ich nicht –“ Ihr Kopf verweigerte sich dieser verqueren Logik, aber ein inneres Verstehen war in ihr, eine Ahnung, die zur Gewissheit werden konnte, ließe sie es bloß zu.

Der Fisch schaute wohlgefällig drein und spann den Faden wieder vor den Anfang seiner Erzählung: „Nein, ich darf nicht alle Wünsche erfüllen. Das ist auch nicht nötig.“ Er wusste, dass sie den Sinn der Geschichte in sich aufgenommen hatte. Wollte der Verstand auch nicht freiwillig mitmachen, so wirkte das Gehörte trotzdem auf einer ihm nicht zugänglichen Ebene. „Der kosmische Plan lässt sich nicht nach menschlichen Maßstäben durchschauen. Darum ist es überflüssig, sich mit Gedanken von Wenn und Falls zu quälen. Diese beiden Wörter solltest du aus deinem Wortschatz streichen. Handle nach den Erfordernissen des Augenblicks und glaube nicht, zu wissen, wie andere darauf reagieren und was daraus entsteht. Hab keine Angst vor Folgen!", ermunterte er sie noch, bevor er ohne Abschiedsgruß untertauchte und verschwand.

Serena spürte, wie ihr mit einem Mal leicht ums Herz wurde. Die gewaltige Last, die sie mit sich schleppte, fiel auf wundersame Weise von ihr ab.

12

Nach der Sonntagsmesse standen die Leute in kleinen Gruppen vor der Kirche und unterhielten sich angeregt. Don Raffaele gesellte sich zu ihnen, wechselte da ein paar Worte, fragte hier nach dem Befinden, erteilte dort einen guten Rat, schüttelte Hände, klopfte auf Schultern, streichelte Kindern übers Haar.

Beppi stand etwas abseits, allein, und beobachtete die Szenen, die sich abspielten. Der Pfarrer ging auf ihn zu, aus reiner Nächstenliebe, denn er war überzeugt, dass der arme Trottel nicht in die Zuständigkeit eines irdischen Seelsorgers gehörte, sondern nur vom Herrgott direkt betreut werden konnte. „Na, Beppi", begrüßte er ihn, „wie hat dir die Predigt gefallen?"

„Sie haben schön geredet, wie immer, Don Raffaele", antwortete dieser freundlich. „Aber etwas habe ich nicht ganz verstanden."

‚Das wundert mich nicht', dachte der Pfarrer bei sich. Er lächelte ihn milde an, und es kam ihm gar nicht in den Sinn, genauer nachzufragen.

Beppi senkte demütig die Augen und fuhr fort: „Sicher bin ich zu dumm, die höheren Wahrheiten zu verstehen. Bitte versuchen Sie trotzdem, mir etwas zu erklären. Sie haben vom Egoismus gesprochen, der auf der ganzen Welt zunehme, dass es allen nur noch um sich selbst gehe und wir mehr an unsere Mitmenschen als an uns denken und uns der Verantwortung gegenüber unserem Nächsten bewusst sein sollten."

Don Raffaele, der immer ungeduldiger wurde, unterbrach ihn: „Ja, und was verstehst du da nicht?"

„Nun, wenn keiner mehr an sich selbst und nur noch an die anderen denkt, dann muss doch auf der Welt alles drunter und drüber gehen, weil keiner mehr das macht, was seine Seele möchte."

Der Pfarrer war langsam verärgert: „Was redest du da für einen Unsinn! Das Gegenteil trifft zu! Es herrschte doch Frieden und Eintracht, wenn endlich niemand mehr an sich denken würde!"

Schlicht und ohne Hochmut, aber unbeirrt entgegnete Beppi: „Wenn ich etwas tun möchte, so ganz für mich, ein anderer will aber nicht, dass ich es tue, weil er sich dabei verletzt fühlt, was dann?"

„Dann verhältst du dich eben nicht wie ein –", ver- dammter lag dem Gottesmann auf der Zunge, er konnte es gerade noch zurückhalten, „– Egoist und tust es nicht!"

„Und der andere? Ist der kein Egoist, wenn er von mir etwas verlangt, das ich nicht möchte?"

„Schluss jetzt mit diesen Wortspielen!", schalt Don Raf- faele energisch. „Sag mir klar und deutlich, was du wieder angestellt hast, darum geht es doch, nicht?"

„Meine Mutter möchte nicht –", begann Beppi, aber der Priester unterbrach ihn sogleich, denn er hatte keine Lust mit einem Schwachsinnigen zu diskutieren. „Deine Mutter ist eine Heilige!", rief er. „Die unendliche Geduld, die sie mit dir braucht! Du hast doch gelernt: Du sollst deine Eltern ehren und ihnen gehorchen. Mach ihr keinen Kum- mer, das Kreuz, das sie mit dir hat, ist wahrlich schon schwer genug."

Ganz in seiner Selbstgerechtigkeit gefangen und ohne richtig hinzuhören, geschweige denn, darüber nachzuden- ken, was sein Gegenüber wohl meinte, fiel dem Pfarrer gar nicht auf, dass Beppi seine typischen Eigenheiten fehlten: Er stand nicht mehr so gebeugt da, wie es seine Art gewesen war, sein Sprachfehler, der sich so angehört hatte, als wälzte er ständig einen Schluck Wasser im Mund herum, und sein unkontrollierter Wechsel zwischen laut und leise waren verschwunden. Auch seine klaren, wachen Augen bemerkte er nicht.

Beppi senkte den Blick und schwieg in einer großen inneren Ruhe.

13

In den folgenden Wochen lebte Jonathan in einem wilden Strom, der ihn mit sich fortriss, mit Strudeln, die ihn in die Tiefe zogen, und Stromschnellen, die ihm keine Zeit ließen, die vorüberziehende Umgebung wahrzunehmen, und dazwischen immer wieder das beglückende Rasten auf einer Sandbank. Mit Laura erfuhr er die Höhenflüge des Einander-ganz-nahe-Seins, des Verschmelzens, die schwebende Leichtigkeit, die ihn über alles trug – und den quälenden Schmerz der Trennung. Auch das ungestüme Verlangen, sah er sie einmal zwei Tage nicht, und die zehrende Eifersucht, wenn sie sich mit anderen Freunden traf, waren für ihn neu. Jeder seiner Gedanken gehörte ihr, vergessen waren Serena, sein Vater und die Insel, begraben sein Vorsatz, nach Hause zurückzukehren, unbedeutend all die Stunden, die er nicht mit der Geliebten verbrachte. Sein Leben bestand nur noch aus Abend und Nacht, der Tag rieselte unendlich langsam, unnütz dahin mit Warten, Ungeduld und Langeweile.

Die Großmutter beobachtete ihren Enkel mit wachsender Besorgnis. Er hatte zwar von Laura erzählt, von ihrem Kennenlernen, aber sie wusste, dass seine Veränderung, die sie wahrnahm, nicht gut für ihn sein konnte. Er hatte seinen Kontakt zur Erde und zum Himmel verloren und befand sich in einer vom Alltag abgewandten, eigenen Welt. Wo sollte das hinführen?

Lange hielt sie sich zurück und zögerte, bevor sie ihn eines Tages darauf ansprach: „Jonathan, mir scheint, du hast dich hier im Stadtleben verirrt. Verloren. Du bist nicht mehr du selbst."

Er schaute sie verständnislos an: „Wie meinst du das, Nonna? Ich bin gerne hier, Lucca gefällt mir. Es geht mir ausgezeichnet."

Sie wusste nicht recht, wie sie das, was sie empfand, in Worte fassen sollte: „Du bist so anders geworden, so als gingest du an der Wirklichkeit vorbei – ich weiß nicht, wie ich es dir erklären soll… Du wandelst wie in einem Traum, du bist gar nicht richtig da."

Das konnte er überhaupt nicht nachempfinden, noch nie hatte er sich so wach gefühlt, so voller Kraft, Lebendigkeit und Lebenslust. „Nein, Nonna", erwiderte er strahlend, „ich bin glücklich, ich bin ganz einfach glücklich!"

„Ich weiß nicht, Jonathan", wandte sie nochmals stirnrunzelnd ein, „diese Frau, mit der du zusammen bist – was will sie von dir?"

Jonathan lachte und die ganze Sorglosigkeit der Jugend strömte aus ihm. „Sie liebt mich! Und ich liebe sie", sagte er verträumt, „ich liebe sie mehr als mein Leben."

Daraufhin schwieg die alte Frau, und Jonathan betrachtete die Sache als erledigt.

14

Die Großmutter wusste, was sie zu tun hatte. Am nächsten Tag eröffnete sie ihrem Enkel: „Morgen fahren wir nach Hause."

Die Worte trafen ihn wie ein Stich in die Eingeweide; er schaute sie entsetzt an: „Warum denn? Verstehst du dich nicht mehr mit Zia Carmela? Wieso willst du schon zurück?"

Sie antwortete ruhig: „Wir waren lange hier. Es ist Zeit zu gehen." Es schmerzte sie, ihre Schwester zu verlassen, denn sie waren sich seit dem Wiedersehen sehr nahe gekommen. Sie tat es für Jonathan. Er musste weg aus dieser Umgebung, fort von dieser Frau. Welche Zukunft konnte diese Beziehung schon haben? Er, ein einfacher Fischerjunge… Er gehörte auf seine Insel. Da würde er eine Frau finden, die zu ihm passte, die an seiner Seite das harte Leben meisterte; eine aus der Stadt – das war nichts. Jonathan hatte nichts anderes mehr im Kopf, als sich zu vergnügen, auszugehen, und die wahren Werte aus den Augen verloren, er war oberflächlich geworden. Er drehte sich nur noch um sich selbst und schöpfte seinen ganzen Lebenssinn aus der Beziehung zu dieser Laura.

Die Großmutter war eine einfache Frau, ohne Schulbildung und mit wenig Kenntnis von der Welt, doch die Weisheit wohnte in ihrem Herzen. Wie Jonathan zweifelte sie nie an ihrer inneren Stimme und folgte furchtlos ihrer Überzeugung. Jetzt wusste sie, dass sie ihren Enkel zurück auf die Insel bringen musste – und sie tat es.

Er kannte seine Nonna. Wenn sie in solch klarem, bestimmtem Ton sprach, vermochte keine Widerrede, kein

Argument ihre Meinung zu ändern. Seit er Laura begegnet war, hatte er nie darüber nachgedacht, wie diese Beziehung weitergehen sollte. Obwohl sein Aufenthalt in Lucca offensichtlich irgendwann ein Ende nehmen musste, hatte er sich nicht um das Danach gekümmert. Das war Jonathan eigen: ganz in der Gegenwart leben, weder in die Vergangenheit zurückblicken noch auf die Zukunft spähen. Das Schicksal webt sein Tuch ohnehin nach eigenen unvorhersehbaren und unberechenbaren Mustern, und Jonathan sorgte sich nicht um ein Mögliches, das vielleicht nie eintraf, oder nahm Probleme vorweg, die dann nie auftauchten. Diese Tugend hatte er sich trotz der stürmischen jüngsten Ereignisse bewahrt.

Ohnmacht, Angst und Verzweiflung wühlten ihn auf, er empfand nichts als Qual. Er schaffte es kaum, einem Gedanken bis ans Ende zu folgen. Unkontrolliert stürmten sie auf ihn ein: ‚Ich kann ohne Laura nicht leben. Sie wird unendlich traurig sein. Ich begleite die Nonna nach Hause und komme gleich nach Lucca zurück. Ich wohne bei Laura und suche mir eine Arbeit. Zio Arturo hilft mir sicher dabei. Ich heirate Laura. Ich gehe heute Abend zu ihr und erzähle ihr alles. Hoffentlich ist sie zu Hause. Sie wird weinen. Vielleicht kommt sie auch mit mir auf die Insel, bei uns im Haus ist Platz genug.‘

So rosig mancher Einfall auch daherkam, er kündete keine Hoffnungsdämmerung an, denn die Möglichkeit, die Geliebte für immer zu verlieren, war zu unmittelbar, zu bedrohlich. Er fühlte sich elend.

Den Rest des Tages verbrachte er in einer Art fiebriger Träumerei. Bilder von Ereignissen vermischten sich mit Wunschvorstellungen, sie vereinnahmten seinen Verstand und ließen keinen Raum für Klarheit. Die gleiche Intensität der Empfindung, die nach der ersten Nacht mit Laura als hohes Glück in ihm aufgebrochen war, musste er jetzt als tiefe Trostlosigkeit ertragen. Er erlebte zum ersten Mal am eigenen Leib, wie Freude und Schmerz auf ihrem Gipfel unmittelbare Nachbarn sind, überhaupt nicht voneinander zu trennen, und das eine nicht ohne das andere existiert.

Am frühen Abend ging er zu Lauras Wohnung und setzte sich vor ihrer Tür auf die Treppe. Er wollte sie gleich treffen, wenn sie von der Arbeit nach Hause kam, denn sie waren nicht verabredet, und er befürchtete, sie würde nachher ausgehen. Er musste nicht lange warten.

Sie hörte ihm zu, seinem Kummer und seiner Not, seinen Ideen und Vorschlägen. Sie nahm ihn in den Arm, streichelte sein Haar und tröstete ihn mit sanften Küssen auf die Wange und den Hals.

„Komm, ich mache uns einen Kaffee, der stellt dich wieder auf die Beine", schlug sie nach einer Weile vor.

Er schaute ihr nach, wie sie zum Herd schritt, und verstand nicht, dass sie es so gelassen nahm. „Macht es dir denn nichts aus, dass ich gehe?"

Ohne sich umzudrehen, antwortete sie: „Wir wussten beide, dass es irgendwann so kommen würde. Wir können es nicht ändern. Es war eine wunderschöne Zeit mit dir; ich will die Erinnerung nicht dadurch trüben, dass ich mich jetzt gräme."

Jonathan schwieg. Liebte sie ihn nicht mehr? Auf seine Pläne, zusammenzuleben, sei es auf der Insel, sei es hier in Lucca, ging sie gar nicht ein, und er erkannte, dass es für sie kein Thema war. Hatte sie ihn überhaupt wirklich geliebt? Oder war es für sie nur ein interessantes Abenteuer mit einem dummen Jungen gewesen? Er wies diese verletzenden Gedanken von sich.

Sie brachte den Espresso und setzte sich wieder zu ihm. Liebevoll legte sie ihren Kopf an seine Schulter. Er umarmte und küsste sie, das Schluchzen unterdrückend. „Du hast recht", sagte er dann ohne Überzeugung, „jammern nützt nichts. Wir wollen wenigstens diese letzte Nacht, die uns bleibt, glücklich sein."

Sie löste sich von ihm und schaute ihm gerade in die Augen. „Jonathan, die letzte Nacht war gestern. Ich muss bald weg, ich habe eine Verabredung", sagte sie ernst.

„Nein", schrie er heftig, „die verschiebst du! So können wir uns doch nicht trennen!"

Sie streichelte seine Wange: „Ich mag keine Abschiedsszenen, die tun nur weh, und je länger sie dauern, umso schmerzhafter sind sie. Es ist besser, wenn wir uns jetzt gleich auf Wiedersehen sagen, mit einer festen Umarmung und einem Kuss. Dann gehst du."

Jonathan spürte sich nicht mehr, er fühlte sich wie ausgelöscht. „Sehe ich dich je wieder?", fragte er auf der Türschwelle, aber seine Stimme klang schwach, ohne Hoffnung.

„Wenn Gott will", antwortete Laura.

Nun saß Jonathan wieder auf seinem Elefanten, traurig, doch zugleich entschlossen, sein Schicksal in die Hand zu nehmen. In Gedanken rief er den farbigen Fisch, denn jetzt hatte er einen Wunsch, und der Fisch musste sein Versprechen einlösen.

Schon tauchte er auf und ließ in seiner direkten Art keinen Raum für Begrüßungsfloskeln: „Ich höre, du hast ein Anliegen?"

„Ja, das habe ich." Der junge Verliebte sprach klar und bestimmt. „Da du ohnehin alles weißt, brauche ich dir meine Geschichte nicht zu erzählen. Ich will wieder mit Laura zusammenkommen: Das ist der Wunsch, den du mir erfüllen sollst."

„Du willst wieder mit Laura zusammenkommen?", wiederholte der Fisch, indem er jede einzelne Silbe betonte. „Du meinst: Du willst sie wiedersehen?" Er zuckte das, was bei einem Menschen die Schultern wären, und stellte sich verständnislos. „Fahr doch einfach nach Lucca!"

„Wiedersehen!", rief Jonathan ungehalten. „Ja, wiedersehen und für immer mit ihr zusammenbleiben! Das meine ich", ergänzte er.

„Immer mit ihr zusammenbleiben." Erneut wiederholte der Fisch jedes Wort langsam und rhythmisch. „Und will Laura das auch?", fragte er absichtlich naiv.

„Du sollst machen, dass sie es will!", schrie Jonathan aufgebracht.

„Du versuchst über das Leben eines anderen Menschen zu bestimmen." Das stellte der Fisch nüchtern und scharf fest. Dann schwieg er.

Dieser Satz rüttelte Jonathan auf. Schlagartig erwachte er aus seinem Traum, als hätte eine Zauberformel einen Bann gebrochen. Er schaute sich um und sah das Meer zum ersten Mal, seit er zurück war, nahm erst jetzt die Wirklichkeit von Himmel und Erde wahr, spürte den Felsen, auf dem er saß. Dann kehrte er seinen Blick nach innen. „Ich liebe Laura. Es ist bitter zu erkennen, dass sie nicht ebenso stark empfindet", sagte er mehr zu sich selbst. „Es tut weh, wenn man die große Liebe, kaum hat man sie gefunden, schon wieder loslassen muss."

„Die große Leidenschaft", berichtigte der Fisch trocken. „Es war nicht Liebe, es war Leidenschaft."

Jonathan horchte auf und dachte einen Moment nach. „Sicher, Leidenschaft war auch dabei, aber die Liebe, die ich für Laura empfinde, ist echt und tief."

„Die Menschen setzen der Liebe viele Masken auf", erklärte der Fisch, „Leidenschaft ist eine davon. Doch Liebe in ihrer reinen, ungeschminkten Form zeigt ein anderes Gesicht, ihr echtes, liebliches Antlitz. Liebe will nicht besitzen: Du aber willst Laura ganz für dich haben, wolltest es die ganze Zeit. Liebe hat keine Erwartungen und stellt keine Forderungen: Du aber willst, dass diese Frau an deiner Seite lebt. Liebe will nicht verändern und nicht zurechtbiegen: Du aber willst ihren Lebensweg bestimmen. Liebe liebt um ihrer selbst willen, nicht einmal um wiedergeliebt zu werden. Trifft einer dieser Züge der Liebe auf das zu, was du für Laura empfindest?"

Ohne die Antwort abzuwarten, fuhr er fort: „Du glaubst sie zu lieben, weil sie deine Sinne erregt – ich meine nicht nur die körperlichen, ich denke auch an die intensiven Emotionen in deinem Herzen, die du als so wunderschön empfunden hast. Das ist in Wahrheit aber Leidenschaft. Denn du hast gelitten, wenn du nicht bei ihr sein durftest, der Gedanke, sie nicht für dich zu haben, schmerzt dich. Wie echt ist denn deine Liebe, wenn du dich nicht darüber freust, dass sie glücklich ist – auch ohne dich?" Seine Stimme wurde noch tragender, wie er zur entscheidenden Frage ansetzte: „Und wie untreu wirst du dir selbst, wenn du – nur aus Leidenschaft – nach Lucca gehst und deinen eigenen Lebensplan missachtest?"

Immer weiter breitete sich die Wirklichkeit in Jonathan aus. Er folgte der Rede des Fisches und wusste, dass er mit jedem Satz recht hatte. Nur ganz zuletzt flackerte die Auflehnung des störrischen, unbelehrbaren Ego nochmals schwach auf. „Und wenn es nun in meinem Lebensplan stünde, mit Laura zu leben?", entgegnete dieses Überbleibsel seines beinahe besiegten Ego.

„Dann wird das Schicksal euch wieder zusammenführen, so wie es das erste Mal geschehen ist. Erinnerst du dich, mit welchem Unwillen du weggefahren bist? Hatte ich dir nicht gesagt, deine Großmutter sei ein Werkzeug des erhabenen Regisseurs?"

Jetzt kehrte Jonathan vollständig zu sich selbst zurück, zu seinem inneren Wesen. „Wozu denn das Ganze? Wozu musste ich nach Lucca? Wozu Laura kennenlernen, wenn das nicht mein Weg ist, wenn ich sie gleich wieder verlassen muss? Nur um zu leiden? Diesen Schmerz hier zu spüren?", fragte er, während er die Hand auf seine Brust schlug. Er bemühte sich aufrichtig darum, eine Antwort zu finden und zu verstehen.

Der weise Fisch lachte gutmütig: „Du musstest die Leidenschaft kennenlernen, damit du sie in Zukunft von der

Liebe unterscheiden kannst, um für die weiteren Schritte deines Weges wirklich frei zu sein. Alles hat einen Grund, nichts ist vergebens, nichts geschieht, um dir zu schaden. Oft erkennst du den Sinn nicht – dann soll es wohl so sein. Aber vertraue immer darauf, Jonathan, hörst du: immer!, dass alles, wirklich alles, richtig und gut ist, wie es über dich kommt. Natürlich hat der große Regisseur dich zugleich als Werkzeug für Laura eingesetzt." Er gab diesen Worten viel Gewicht und fuhr dann mit Leichtigkeit weiter: „Aber die Lektionen, die sie lernen muss, sollen dich nicht bekümmern, das ist allein ihre Sache."

Da nahm Jonathan den alten Faden, der vor mehreren Wochen gerissen war, endgültig wieder auf und knüpfte die beiden verlorenen Enden zusammen. „Serena...", kam ihm über die Lippen.

„Du meinst: Laura?" Der Fisch wollte noch ein bisschen seinen Spaß mit ihm haben.

„Nein, ich meine Serena", sagte Jonathan und seine Augen leuchteten. „Ich war wirklich nicht mehr ich selbst, die Nonna hatte recht. Wie konnte ich Serena vergessen?"

Besänftigend tröstete ihn der Fisch: „Selbstvorwürfe und Schuldgefühle sind nie ein taugliches Mittel. Du hast eine Erfahrung gemacht, etwas daraus gelernt, nimm es zur Kenntnis und zieh jetzt einen Strich darunter. Abgesehen davon, warst du auch in Lucca du selbst. Du hattest keine Angst auszuleben, was du in dir spürtest. Erinnerst du dich, wie ich dir vor deiner Abreise schon sagte, als du deinem Ego kurz begegnet bist, dass es sich regt, damit du es anschauen und loslassen kannst? So läuft es sich eben auf dem Lebensweg: Man stößt immer wieder auf etwas, auf eine Wiederholung von bereits Durchgemachtem oder auf Neues, handelt und sammelt die Erkenntnisse daraus. Sich aus Furcht vor den Folgen der Erfahrung, vor Verletzungen und Schmerz zu verweigern, bringt einen nicht weiter. Bis man dann eines Tages versteht – und ich meine nicht im Kopf, sondern in seinem Inneren –, dass man sich entscheiden und wählen muss: Entweder du spielst die Rolle deines Ego im Drama des Lebens mit seinen emotionsschwangeren Hochs und Tiefs oder du weilst in deiner Seele mit ihrem weniger aufregenden, Glück spendenden Gleichmut."

Abrupt konnte er jeweils das Thema wechseln, sobald er gesagt hatte, was ihm wichtig war: „Und für Serena", er zwinkerte wissend mit den Augen, „war deine Abwesenheit auch ganz gut. Sie steht ja nicht außerhalb des kosmischen Plans. Nun ist sie dir näher, als du denkst." Zum ersten Mal tauchte er nicht einfach ab, sondern verabschiedete sich: „Auf Wiedersehen, ich gehe. Bleib du noch eine Weile."

Jonathan nickte: „Ja, ich habe nachzudenken."

Der Fisch lachte geheimnisvoll: „Nicht darum sollst du bleiben. Du wirst schon sehen…" Von der nächsten Welle ließ er sich ins offene Meer hinaus ziehen.

Jonathan fühlte sich gut. Sein Gleichmut war zurückgekehrt, es war ihm wieder wohl allein mit sich selbst, er brauchte keine Laura, keine Leidenschaft zu seiner Zufriedenheit – auch keine Serena. Er brauchte sie nicht, aber er liebte sie, und er freute sich, dass es sie gab.

Er hatte in seinen ruhig dahingleitenden Lebensfluss zurückgefunden, er fühlte sich getragen. Vergessen waren die Stromschnellen der letzten Wochen, beendet und abgeschlossen dieser Abschnitt seines Lebens, er lag hinter ihm, unauslöschlich und unwiederbringlich. Die Ereignisse und die Verstrickung seines Ego mit ihnen gehörten der Vergangenheit an, sie lagen nicht näher und nicht ferner als jedes andere Erlebnis, bildeten einen Bestandteil unter vielen, ohne Ordnung und ohne Wertung, im riesigen See des Verflossenen. Nur die Essenz der Erfahrung war in sein Wesen eingeströmt und bereicherte es.

Jonathan hörte seinen Namen rufen und erkannte die Stimme sofort. Serena lief auf ihn zu. Er kletterte flink vom Elefantenfelsen hinunter und eilte ihr entgegen. Er drückte sie an sich, küsste sie auf Wangen und Stirn. Sie ließ sich ganz in seine Arme fallen, gab sich ihrer Freude hin, mit Tränen in den Augen und unfähig zu reden.

Alle Sorgen und Gedanken, die sie sich über diese Begegnung gemacht hatte, lösten sich in nichts auf. Jonathan war ihr so nahe wie früher, als hätte sie ihn erst gestern noch gesehen und wären nicht Jahre seit ihrem letzten Abschied vergangen.

„Serena, geliebte Serena!" Er wiederholte nur wieder und wieder ihren Namen, liebkoste ihr Gesicht, streichelte ihr übers Haar.

Da war nichts von der stürmischen Leidenschaft der Begegnungen mit Laura, nicht die unberechenbare Flamme, die seine Sinne in Brand gesteckt hatte, aber eine wohltuende Glut, ein Gefühl von innigster Vertrautheit. Serena war kostbar, ein Juwel, ein leuchtender Stern am Firmament. Er spürte die warme Ausstrahlung ihres Körpers und sah das Licht, das von ihrer Seele ausging.

Sprachlos waren sie beide. Worte hätten die Empfindungen, ihre zärtlichen Blicke und die Nähe ihrer ineinander verschränkten Hände nicht auszudrücken vermocht.

Am nächsten Tag, als Jonathan vom Fischfang zurückkehrte, wartete Serena an der Anlegestelle der „Maja" schon auf ihn. Zum ersten Mal, seit sie auf der Insel war, hatte sie gut geschlafen und war erholt aufgewacht. Sie hatte sich vorgenommen, mit Jonathan zu reden, ihm anzuvertrauen, was niemand, außer ihren Eltern und ihren Verwandten in Mailand, wusste.

Als sie später Hand in Hand den Hügel hinauf zum weißen Kreuz spazierten, erzählte sie von der Stadt, der Schule, plauderte fröhlich daher, sich oft in Einzelheiten verlierend. Jonathan hörte ihr zu, lauschte ihren Worten, ohne Fragen zu stellen. Er selbst hatte kaum etwas zu berichten – Serena kannte den Alltag eines Fischers –, und über seine Zeit in Lucca gab es nicht viel zu sagen. Laura verschwieg er, sie war ohne Bedeutung für Serena und gehörte nur zu seinem ureigenen Erfahrungsschatz.

Der letzte Wegabschnitt war sehr steil; ihr schien der Atem auszugehen. Sie schwieg. Bis zum Belanglosesten hatte sie über alles gesprochen, nur über das eine nicht, ihre Last, und sie konnte sich nicht überwinden, davon anzufangen. Sie hoffte, Jonathan könnte es erraten, es spüren, wie es ihr als Kind mit ihren kleinen Geheimnissen oft ergangen war, oder eine harmlos gemeinte Frage stellen, die für sie das Eis gebrochen und sie gezwungen hätte, das so schwer Aussprechbare auszubreiten. Doch er schien nichts zu merken. Unbeschwert ging er an ihrer Seite.

Die Tage und Wochen vergingen. Die Liebenden verbrachten so viel Zeit zusammen, wie Jonathans Arbeit ihnen erlaubte. Ihre Gefühle füreinander gewannen an Tiefe und Innigkeit, und Jonathan erlebte immer deutlicher den Unterschied zwischen Leidenschaft und Liebe, zwischen dem unbezähmbaren Feuer, das einen verbrennt, und der Glut des Herzens, die beide Seelen wärmt.

An einem lauen Nachmittag saßen sie auf dem Hügel beim Kreuz, das hoch über dem Meer ragt und die Insel beschützt, als ein Platzregen sie überraschte. In einem halb zerfallenen Stall fanden sie Unterschlupf. Zum ersten Mal ließen sie hier ihre Körper miteinander verschmelzen, um sich selbst und den anderen noch näher und im ganzen Sein zu spüren, sich in der Geborgenheit des geliebten Wesens zu finden und ihm Heimat zu geben.

Dieser Augenblick der Wahrhaftigkeit, nachdem Serena sich der Liebe bedingungslos geschenkt hatte, duldete keine Lüge mehr. „Ich bin krank", sagte sie unvermittelt, während sie noch still beisammen lagen. Er drückte sie fester an sich und sagte nichts, gewährte ihr den Raum und all die Zeit, die sie brauchte, um sich mitzuteilen.

„Ich habe MS – Multiple Sklerose", fuhr sie fort, sprach ruhig und gefasst, getragen von der Kraft der Liebe und erstarkt durch das Vertrauen in den Geliebten, dem sie eben ihren verwundbaren Körper, ihre feingliedrige Zerbrechlichkeit offenbart hatte. Nun war sie bereit, auch ihr Herz zu entblößen.

„Ich habe von dieser Krankheit noch nie gehört", sagte er mit einem fragenden Unterton.

„Sie ist unheilbar", gab sie zur Antwort. „Sie verläuft in Schüben und greift das Nervensystem an. Dazwischen fühlt man sich ganz gesund, als ob nichts wäre. Aber die Schäden werden immer schlimmer. Bei mir sind es die Augennerven, und auch in den Beinen – " Jetzt kamen ihr die Tränen. „Ich werde erblinden und nicht mehr gehen können – " Sie schluchzte laut. „Mein Leben hat keinen Sinn mehr! Ich sieche dahin, und niemand kann sagen, wie schnell die Krankheit fortschreitet, wie lange es noch dauert, bis ich irgendwann daran sterbe. Aber der Tod wäre ja nicht das Schlimmste! Ich werde nicht mehr sehen, mich nicht mehr bewegen können, und wer weiß, welche anderen Symptome noch hinzukommen…" Sie weinte.

Er hielt sie noch fest umschlungen, regte sich aber nicht, und ließ den Ausbruch ihres Schmerzes und ihrer Trauer zu, ohne sie gleich zu trösten, zu besänftigen und ihr damit die Chance zu rauben, ganz bei sich anzukommen und den Punkt zu entdecken, an dem das größte Leid und die höchste Freude einander berühren.

Als sie wieder ruhiger wurde, wiegte er sie in seinen Armen und streifte ihr mit den Lippen über die Wangen. Während er ihren Kopf rhythmisch und unaufhörlich streichelte, sprach er leise und sanft: „Geliebte Serena, ich stehe zu dir, bleibe an deiner Seite, gleich wie es dir geht. Hab keine Angst, zusammen meistern wir das Leben."

18

Am folgenden Tag fuhr Jonathan allein aufs Meer. Der bunte Fisch war ihm nach dem ersten Zusammentreffen mit Serena nicht mehr erschienen. Er hatte allerdings auch nicht ein Mal an ihn gedacht, denn welcher Wunsch wäre ihm noch unerfüllt geblieben, seit die geliebte Freundin wieder auf der Insel weilte!

Doch jetzt rief er ihn und hoffte, von ihm die Antwort auf eine Frage zu bekommen, die ihn quälte. Serenas Geständnis hatte ihn berührt – sie war so jung, hübsch, lebensfroh, und sie hatten eben begonnen, einander zu lieben... Nicht so sehr ihre Krankheit schmerzte ihn, sondern mitanzusehen, wie sie unter diesem Wissen litt und damit kämpfte. Zu seinem Mitgefühl gesellte sich jedoch noch eine Empfindung, für die er keinen anderen Namen als Gleichgültigkeit fand.

Der Weise des Meeres ließ nicht lange auf sich warten. Er tauchte in seiner ganzen Farbigkeit auf und entgegen seiner Art schaute er Jonathan nur schweigend an.

„Eigentlich", begann der junge Mann zögernd, „sollte ich jetzt meinen Wunsch aussprechen: Serena möge gesund werden." Er schwieg abwartend. Weil der Fisch nicht darauf einging, fuhr er verunsichert fort: „Ich kann es nicht. Ich bringe es nicht über die Lippen. Warum bloß? Ich liebe sie doch und will nichts mehr, als dass es ihr gut geht!" Er hatte Tränen in den Augen. „Und doch schaffe ich es nicht, dich darum zu bitten, alles in mir sträubt sich dagegen. Ich komme mir so herzlos vor! Es ist ja nicht so, dass ich andere Wünsche hätte, das weißt du. Ich will nichts für mich, ich will nur ihr Glück." Er weinte lautlos.

So sanft wie noch nie sprach jetzt der Fisch: „Du hast dir nichts vorzuwerfen, Jonathan, du bist nicht hartherzig. Deine Seele weiß eben, dass es nicht möglich ist, für ein anderes Wesen die Hindernisse wegzuräumen und ihm die Last abzunehmen. Du kannst Serena mit deiner Liebe beistehen, sie stützen – aber ihren Weg durch diese Erfahrung muss sie selbst finden und jeden Schritt ganz allein gehen. Wäre es nicht diese Krankheit, fiele ihr ein anderes Schicksal zu, um ihr die Richtung zu weisen. Darum hindert deine Seele dich daran, um ihre Gesundheit zu bitten. Aber du darfst beten, dass sie den Mut finde, vorwärts zu schauen, und du die Kraft, sie zu begleiten. Lieben heißt nicht, am Geliebten leiden – mitfühlen ja, aber nicht mitleiden. Und vor allem den anderen so frei zu lassen, dass er die Chance für seine innere Entwicklung, die in einer solchen Herausforderung liegt, wahrnehmen kann. Doch so viel darf ich dir verraten: Serena wird es bewältigen."

Jonathan nickte. „Aber wozu das alles? Sie hat noch nie etwas Böses getan, warum muss sie das durchmachen?"

„Vielleicht werdet ihr es eines Tages erkennen, vielleicht auch nicht. Vertraut darauf, dass nichts geschieht, um euch wehzutun. Die liebende Hand, die den kosmischen Plan gestaltet, lenkt euer Schicksal so, dass ihr daran wachsen könnt. Es ist nur die Unwissenheit, die eines als gut und eines als schlecht wertet, weil für das Ego das eine anziehend und das andere unangenehm ist; die Seele macht keinen Unterschied zwischen Schmerz und Glück. Wenn ihr lernt, euer Leben als Weg in die Vollkommenheit und jeden Wink der göttlichen Hand als liebevolle Unterweisung zu verstehen, erhebt ihr euch über das Leiden und seid nicht länger von der ewigen Freude getrennt."

Jonathans Seele war wach, und der Fisch lehrte ihn nichts Neues, er deckte nur das Wissen auf, das in jedem Menschen hinter einem Schleier verborgen ist.

„Ich wünschte", seufzte er und lächelte, als er merkte, dass er trotzdem einen Wunsch aussprach, „Serena wüsste das auch, es würde ihr alles leichter machen."

Der Fisch verdrehte die Augen und ließ sich auf der Seite treiben, als wäre er tot. „Jonathan! Diese Krankheit ist doch genau Serenas Chance aufzuwachen, den versteckten winzigen Funken zu entzünden, damit sich das Licht in ihr ausbreite. Du hast die Dunkelheit, die deine Seele umhüllte, schon vertrieben. So macht der göttliche Regisseur dich zu seinem Werkzeug, um Serena beim Entfachen ihres Feuers beizustehen. Niemandem wird eine Bürde aufgeladen, die er nicht zu tragen vermag, und jeder bekommt die Hilfe, die er dazu braucht. Für dich ist diese Aufgabe eine bedeutende Möglichkeit, einen weiteren Schritt voranzukommen – der kosmische Plan stimmt immer für alle Beteiligten."

19

Zur gleichen Zeit, als Jonathan auf dem offenen Meer mit dem Fisch redete, suchte Serena den Elefanten auf. Der farbenfrohe Fisch wartete ein wenig weiter draußen schon auf sie, und als sie sich näherte, vollführte er tollkühne Sprünge wie damals bei ihrer ersten Begegnung.

Sie lachte etwas traurig und wartete, bis er zu ihr hinschwamm. „Ach, lieber Fisch", so zärtlich hatte sie noch nicht mit ihm gesprochen, „mein Märchenprinz ist gekommen. Darum ist es aber umso schlimmer, wenn der einzige Wunsch, den ich habe, nicht in Erfüllung geht." Sie seufzte und darin lag die Ungewissheit und zugleich die Hoffnung, ob der Fisch sich nicht doch ihrer erbarmte.

Er sprach es aus: „Du möchtest gesund sein."

Sie nickte und ließ den Kopf hängen.

„Wie fühlst du dich denn?", fragte er.

„Traurig", antwortete sie, ohne aufzuschauen. „Es tut so weh, dass das Glück, das ich mit Jonathan erlebe, keine Zukunft hat."

Der Fisch ging nicht auf ihre Klage ein: „Das meine ich nicht. Fühlst du dich jetzt krank, in diesem Augenblick, hast du Beschwerden?"

Da hob sie den Blick: „Nein, gerade jetzt geht es mir gut. Doch so ist diese Krankheit: Zwischen den Schüben merkt man nichts von ihr – bis die Schäden so schwerwiegend sind, dass eine dauernde Behinderung besteht."

„Serena", sagte der Fisch ernst, „lebe in der Gegenwart, schau nicht zurück auf das, was war, die Symptome, die Diagnose. Und blicke vor allem nicht in die Zukunft! Niemand kann sagen, wie sie sein wird, wie die Krankheit sich entwickelt. Alle Möglichkeiten sind offen. Erinnerst du dich an Schrödingers Katze?"

Serena nickte und zwang sich zu einem Lächeln.

„Vielleicht bist du schon morgen wieder sehr krank und leidest. Vielleicht aber auch erst übermorgen, oder in einem Jahr, in zehn Jahren. Vielleicht gibt es gar keinen nächsten Schub… Bleib in der Gegenwart, Serena. Sie ist das einzige, was wirklich ist: Hier befindest du dich und hier kannst du handeln. Die Vergangenheit liegt hinter dir, sie ist unabänderlich. Die Diagnose ist ausgesprochen – aber die Prognose? Lass den Deckel auf der Kiste, schau nicht jetzt schon hinein, ob die Katze lebt oder nicht. Sollte einmal der Tag kommen, an dem sich der Deckel hebt – gut, dann soll es so sein. Aber bis dahin kann so vieles noch geschehen, was du dir bei all deiner Fantasie nicht im Entferntesten ausdenken kannst." Er zwinkerte ihr aufmunternd zu. „Versteh doch bitte, dass ich deinen Wunsch, gesund zu sein, nicht erfüllen kann! Im Moment bist du gesund – was soll ich daran ändern?"

Die junge Frau ließ sich nicht trösten. „Du sagst das so leicht. Aber ich muss Entscheidungen treffen. Jonathan und ich lieben uns – aber ist es richtig, eine Beziehung mit ihm einzugehen? Kinder zu bekommen, die ich vielleicht schon bald nicht mehr versorgen kann? Man darf doch vor den Tatsachen nicht einfach die Augen verschließen!"

Der Fisch berichtigte ihre Aussage: „Vor den Tatsachen der Gegenwart soll man die Augen nicht verschließen. Aber es gibt im Leben nun einmal keine Garantie, dass die Dinge so kommen, wie man es sich nach menschlichem Ermessen vorstellt. Du glaubst zu wissen, wie es für dich weitergeht. Aber was, wenn Jonathan – sagen wir: sich in eine andere Frau verliebte? Wenn du schon schwanger wärst? Oder wenn die Ärzte sich geirrt hätten? Oder du schon bald an einer anderen Krankheit stirbst? Und wenn du von deiner Diagnose nichts wüsstest, obwohl dein Körper bereits befallen ist?"

Aufbrausend unterbrach ihn Serena: „Wenn, wenn! Dieses Wort sollte ich doch nicht mehr brauchen, hast du mich gelehrt. Es gibt kein Wenn. Ich weiß es nun einmal und muss verantwortungsvoll entscheiden."

Er ahmte ihren Ton nach: „Ja, wenn, wenn! Du bist es doch, die mit dem Wenn deiner Zukunft spielt! Du maßt dir an, den kosmischen Plan zu kennen und zu wissen, was auf dich zukommt, was richtig und was falsch ist. Vielleicht ist es für Jonathans Entwicklung wichtig, an der Seite einer kranken Frau zu leben. Vielleicht ist es für eine Seele genau der Weg, den sie gehen muss: im Körper eines Kindes, das seine Mutter schon früh verliert. Vertraue doch darauf, dass der erhabene Regisseur seine göttliche Komödie fehlerlos inszeniert. Wie du deine Rolle auch spielst – er schreibt sein Stück blitzschnell um, damit es für alle Schauspieler wieder passt." Er lachte und fuhr gleich sehr ernst weiter: „Serena, begreif doch, dass du keine Macht über das Schicksal hast und die einzige Entscheidungsgrundlage, auf die du dich verlassen darfst, die Gegenwart ist. Du liebst Jonathan, er liebt dich, ihr wollt eine Familie gründen. Dann tut es, wenn es doch das ist, was ihr beide möchtet!"

Serena schmollte und schwieg. Der Fisch meinte herausfordernd: „Wahrscheinlich kommt es mit deiner Krankheit ohnehin nie so weit – gleich rutschst du aus, fällst ins Meer und ein Hai frisst dich auf."

„Wenn es doch nur so wäre! Dann hätte ich keine Sorgen mehr." Resigniert fügte sie an: „Aber der Hai wird mich nicht fressen und ich sitze da und weiß nicht, wie es weitergehen soll."

Der Fisch gab ihr einen letzten Denkanstoß: „Für die Antwort, die du suchst, ist die Frage noch nicht gestellt. Wie könnte eine Lösung die richtige sein, wo doch so viel dazwischen liegt an Ereignissen, Erfahrungen, Erkenntnissen?" Dann spritzte er sie nass – eine andere Möglichkeit, sie aufzurütteln hatte er nicht, aber die Sonne schien warm und die Dusche würde ihr nicht schaden. „Gib auf, Serena, ich weiß, dass du längst verstanden hast."

Wie schon das letzte Mal, als der Fisch so weise zu ihr gesprochen hatte, fiel wieder wie von Zauberhand bewegt ein großer Brocken der Last, die sie mit sich trug, von ihr ab. Sie wurde ganz vergnügt und lachte herzhaft: „Also gut, du hast mich überzeugt!" Sie strahlte den Fisch an. Im Augenblick fühlte sie sich so beschwingt und übermütig, dass ihr nach Scherzen zumute war. Sie bemühte sich, ernst zu wirken, und sagte: „Einen Wunsch habe ich trotzdem frei, schließlich habe ich dich geküsst!"

Er war sich seiner Sache sicher und willigte ein: „Schön, sprich ihn aus, ich erfülle ihn dir jetzt gleich."

Das hatte sie nicht erwartet, aber sie durchschaute ihn, mimte Ratlosigkeit, platzte dann heraus: „Du bist ein Schelm! Auf die Schnelle fällt mir natürlich nichts ein. Aber so einfach kommst du mir nicht davon. Sobald ich einen Wunsch weiß, rufe ich dich, und dann musst du ihn mir erfüllen – abgemacht?"

Der Fisch sprang hoch, tauchte in die Fluten ein und verschwand.

20

Niemand hob den Deckel von Herrn Schrödingers Kiste. Serena weigerte sich, zur halbjährlichen Kontrolluntersuchung ins Spital zu fahren. So sehr ihre Mutter auch drängte und ihre Angst auf die Tochter zu übertragen versuchte, sie ließ sich nicht beirren. „Solange es mir gut geht, will ich nichts mehr unternehmen. Andernfalls sehen wir dann weiter", beendete sie überzeugt die Diskussion. Sie fuhr auch nicht zurück nach Mailand, in die Schule, trotz der Vorwürfe, mit denen ihr Vater sie überhäufte, sie sei undankbar, er habe so viele Opfer erbracht, um ihr eine gute Ausbildung zu ermöglichen, damit sie es eines Tages besser hätte.

Sie blieb hart und entgegnete: „Vielleicht hat mich das krank gemacht – eure Erwartungen… Unbewusst habe ich mich wohl immer verpflichtet gefühlt, eine gute Schülerin zu sein, um euch nicht zu enttäuschen. Aber jetzt weiß ich es: Mein Platz ist hier auf der Insel. Ich brauche nicht eine Frau Doktor zu sein, ich bin glücklich als Frau eines Fischers. Ich will einfach für ihn da sein und ihm Kinder schenken. Das pseudoemanzipatorische Gerede meiner Schulkameradinnen konnte ich sowieso noch nie ausstehen. Mann und Frau sind nun einmal nicht gleich, es sind zwei verschiedene Wesen."

Sie lachte, als ihr in den Sinn kam, was sie kürzlich in einer Zeitschrift gelesen hatte: Genetisch sei der Mann mit dem Schimpansenmännchen näher verwandt als mit der Frau seiner eigenen Spezies! Sie behielt es aber für sich, nicht weil sie dachte, ihre Eltern würden es nicht verstehen, sondern weil es nichts mit der Sache zu tun hatte.

Es ging hier nur um sie selbst, um das, was sie spürte und wollte, und keine tausend Wissenschaftler hätten sie davon abgebracht, nach ihrem Empfinden zu handeln.

„Gleichberechtigung ist eines; es sollte selbstverständlich sein, dass Männer und Frauen dieselben Rechte haben, für die gleiche Arbeit den gleichen Lohn bekommen und so. Aber ich glaube fest, dass ihnen auf dieser Welt nicht die gleiche Aufgabe zukommt, eben weil sie in ihrem inneren Wesen verschieden sind. Wenn wir Frauen tief in uns hineinhorchen, entdecken wir wohl, dass unsere große Kraft nicht im Kämpfen und Führen liegt, sondern im sanften Wegweisen und Stützen. Gäben wir das vor uns selbst zu und lebten es, könnten die Männer endlich damit aufhören, sich uns gegenüber mit Macht zu behaupten, und müssten ihren Selbstwert nicht länger auf ein Macho-benehmen gründen, das ihnen eigentlich gar nicht liegt. Dann könnte eine wunderbare Partnerschaft zwischen Mann und Frau entstehen, eine Beziehung, in der sich beide wirklich ergänzen, jeder dem anderen gibt, was er im Überfluss besitzt, und das bekommt, woran ihm mangelt. Wenn Konkurrenzdenken und Machtspiele wegfallen, gehen bestimmt weniger Ehen in die Brüche! Ich bin davon überzeugt, dass viele Scheidungen zu einem guten Teil darauf zurückzuführen sind, dass Mann und Frau die ihnen von der Natur zugedachte Rolle nicht annehmen."

Obwohl sie eine einfache Bäuerin war, wehrte sich Serenas Mutter empört: „Was redest du da für dummes Zeug! Sei froh, dass du in einer Zeit lebst, wo du auch als Frau eine Chance bekommst! Es ist noch nicht einmal eine Generation her, seit die Missstände langsam aufgehoben werden, obwohl vieles noch im Argen liegt."

„Ich sage ja nicht", ging Serena ruhig darauf ein, „dass es früher besser war. Die Harmonie, die aus der Liebe zwischen Mann und Frau wachsen sollte, ist bisher eine überaus seltene Erscheinung. Aber die Menschen, Mann und Frau jeder für sich, haben sich weiterentwickelt und wir befinden uns auf dem Weg dahin. Es ist wohl unvermeidlich, dass die Jahrhunderte während Unterdrückung der Frau jetzt ins Gegenteil überschwappt: Es ist wie der Ausschlag eines Pendels, von einem Extrem ins andere, bis er dann langsam in der Mitte zur Ruhe kommt."

In den folgenden Monaten gab es manche Gespräche zwischen Serena und ihren Eltern, sie konnten sich nicht damit abfinden, dass diese Jugendfreundschaft sich zu einer so machtvollen Liebe entwickelt hatte und ihre begabte, intelligente Tochter auf ihr Studium und auf all die Möglichkeiten, die sich ihr damit eröffneten, verzichten wollte. Sie mochten den Jungen zwar gut leiden, aber für ihr Mädchen wünschten sie sich doch ein angenehmeres Leben als das einer Fischersfrau.

Alles Dagegenreden nützte indes nichts. Serena wirkte stur, unbelehrbar – dabei hörte sie doch nur auf die Stimme ihrer Seele. Von Jonathan hatte sie gelernt, mutig den eigenen Weg zu gehen, bei dem an einer Kreuzung keine Entscheidung je zu einem Fehler wird, sondern immer nur in Erfahrung und Erkenntnis mündet, und sie glaubte fest, dass jeder Schritt, wie sie ihn auch ginge, sie innerlich wachsen ließe.

Trotz dieser Auseinandersetzungen verfolgten ihre Eltern erfreut und nicht ohne Bewunderung, wie ihre Tochter den Frieden wiederfand, aufblühte und die schweren Jahre, die hinter ihr lagen, ebenso wie die schwelende Krankheit, zu vergessen schien. Allerdings sahen sie nicht, oder wollten es nicht wahrhaben, dass diese Veränderung auf der Kraft der Liebe gründete und von Jonathans Vertrauen ins Leben mitgetragen wurde.

Als sie merkten, dass weder Verbote noch Druck etwas ausrichten konnten, gaben sie ihren offenen Widerstand auf und hofften, die Zeit würde das ihre beitragen und Serena zur Besinnung bringen, sobald die Schwärmerei der ersten Liebe etwas von ihrer Anziehung verloren hätte.

21

Eines Morgens packte Beppi in seinen Seemannssack einige Kleider und das Wenige, das ihm lieb war: ein Foto der Mutter, den versilberten Rahmen mit dem Marienbildchen, den ihm seine Patentante zur Firmung geschenkt hatte, ein Heft, in dem mit ungeübter, fehlerhafter Schrift seine Gedanken niedergeschrieben waren.

Er trat dann vollbeladen, mit der Mütze auf dem Kopf, in die Küche, wo seine Mutter am Tisch saß und Zeitung las. Sie schaute auf und wusste sogleich, dass der Moment des großen Abschieds gekommen war, dieser unabwendbare Augenblick, den sie in den letzten Wochen nahen sah und gefürchtet hatte. Die wundersame Wandlung ihres erwachsenen Kindes war ihr nicht entgangen. Auch wenn er in der kurzen Zeit nicht perfekt lesen und schreiben gelernt hatte, so war er im Kopf doch plötzlich klar und nicht mehr der dumme Beppi, der Dorftrottel. Natürlich hatte ihr Mutterherz sich seiner nie geschämt, und ein bisschen bedauerte sie es beinahe, dass ihr Junge, der unselbstständig an ihrem Rockzipfel gehangen hatte, ihr nun den Schmerz aller Mütter, ihre Kinder loslassen zu müssen, nicht länger ersparte. Dass er sich nicht langsam, Schritt für Schritt, von ihr löste, sondern gleich die Insel verlassen wollte, verletzte sie.

Noch einmal versuchte sie, ihn umzustimmen, aber er ließ nicht mit sich reden. Demütig, aber bestimmt gab er seine Meinung bekannt und schwieg daraufhin, er widersprach nicht, erklärte nicht, rechtfertigte sich nicht.

So blieb ihr keine andere Wahl, als ihn weinend in die Arme zu nehmen und schluchzend das zu sagen, was alle

Mütter in dieser Situation nicht für sich behalten können: „Ruf mich heute Abend an, hörst du, ich will wissen, wo du bist und wie es dir geht. Hast du das Geld eingesteckt? Und deine Identitätskarte? Dass sie dich ja nicht für einen Landstreicher halten! Und iss etwas Ordentliches zu Mittag. Da, ich habe dir frische Brote gemacht mit dem eingelegten Gemüse, das du so gerne magst. Und nimm dich vor Fremden in Acht. Du hast ja keine Ahnung von der Welt, keine Erfahrung… Geh nicht so weit weg, hörst du, sicher findest du in Sizilien eine gute Bleibe und eine Arbeit, vielleicht bei einem Bauern – kräftig bist du ja…"

Beppi nickte und antwortete das, was alle Kinder in diesem Augenblick unbedacht versprechen und im nächsten, kaum sind sie zur Tür hinaus, gleich vergessen: „Ja, Mamma, ich habe alles, was ich brauche. Ich werde deine Ratschläge befolgen. Ich passe schon auf mich auf, mach dir keine Sorgen. Ich rufe dich an, sobald ich kann. – Jetzt muss ich gehen, bald legt das Schiff an."

Er küsste sie auf beide Wangen, löste sich aus ihrer Umarmung und verließ das Haus.

Auf dem höchsten Deck des großen Fährschiffes stand er nun, dem Wind und der Feuchtigkeit ausgesetzt. Er atmete sie genüsslich ein, er lachte, sein Herz war froh. Sein früheres Leben als Dorftrottel war ihm bewusst, aber er empfand es als einen kurzen, abgeschlossenen Abschnitt innerhalb eines weit ausgedehnteren Zeitraums. Er fühlte, wie er jetzt den Faden wieder aufnahm, den er lange vor seiner Geburt in dieses Leben verloren hatte.

Nur das Erlebnis mit dem Wunschfisch war aus seiner Erinnerung gelöscht. Manchmal braucht das menschliche

Gehirn wohl nicht zu wissen, auf welch einfache Weise die großen Dinge geschehen.

Ein bisschen Angst hatte er schon, so allein und unvorbereitet in die Fremde zu ziehen. Aber außer der Heilung seines Verstandes hatte er auch die Gnade des Urvertrauens erfahren und zweifelte nicht daran, dass er immer etwas zu essen und ein Dach über dem Kopf fände und dass sein Weg ihn dorthin führte, wo er hingehörte.

Auf der Insel konnte er nicht bleiben, das war ihm bald klar geworden: Er mochte noch so vernünftig reden, für die Leute war und blieb er der Dorftrottel. Er erkannte, dass das Bild, das sich die Menschen einmal gemacht haben, schnell zur Ikone wird und sie nicht bereit sind, es zu übermalen; nicht nur die eigenen Veränderungen fürchten sie, auch die Wandlung der anderen macht ihnen Angst und sie wollen sie gar nicht sehen. Nur im Vertrauten fühlen sie sich wohl, einigermaßen sicher, und gehen allem Neuen, das sie einen Schritt weiterbringen könnte, möglichst aus dem Weg.

In Sizilien angekommen, pilgerte Beppi nach Tyndaris. Nicht die archäologischen Ausgrabungen waren sein Ziel, sondern der Santuario della Madonna Nera. Seine Patentante hatte ihm davon erzählt, auch von wundersamen Heilungen, die da stattgefunden haben sollen, und ihm das Bildchen geschenkt, das er nun im Sack auf seinem Rücken bei sich trug.

Er setzte sich in eine der vorderen Bänke der Kirche. Er war ganz allein. Er richtete seinen Blick auf die Statue der schwarzen Göttin und wandte die Augen nicht mehr von ihr. Sein Verstand war ganz still, ohne zu denken kam ihm ein Gebet über die Lippen: „Danke, göttliche Mutter, danke für dieses Leben, dieses neue, und für mein altes davor, in dem du mich Demut lehrtest." Er fühlte ihre Gegenwart in diesem Heiligtum, wie er sie auch in seiner Seele spürte, in allem war ihre Schwingung der Liebe, der Weisheit und ihr göttliches Sein. Mit Tränen des Glücks in den Augen betete er weiter: „Göttliche Mutter, danke für deine Gnade. Bitte, göttliche Mutter, bitte lass nicht zu, dass ich mich jemals wieder von dir entferne! Ich weiß ja, dass nicht du es warst, die sich von mir zurückgezogen hat, ich, ich allein in meinem Hochmut hatte mich von dir abgewandt. Und du hast auf mich gewartet, tief verborgen in meiner Seele hast du auf mich gewartet, du warst immer da, hast mir immer geholfen, mir den Weg gezeigt, und für jeden kleinen Schritt, den ich auf dich zu machte, bist du mir unzählige Schritte entgegengekommen. Endlich habe ich dich wiedergefunden! Göttliche Mutter, ich will nur dich."

Seine Worte verstummten, sein Körper, Denken und Fühlen fielen in einen tiefen Schlaf. Eine Stille kam auf ihn herab, die Stille des Friedens und der Weite.

22

Auf der Insel vermisste man Beppi nicht. Er hatte zum
Dorf gehört wie die Kirche, aber niemand brauchte ihn
wirklich. Die Nachricht seiner Abreise verbreitete sich
zwar von Mund zu Mund, man wunderte sich, lachte
darüber, schüttelte den Kopf, bemitleidete ihn und bedauerte seine Mutter – aber bald war er vergessen. Tatsächlich
hatten die wenigsten bemerkt, was mit ihm geschehen war.

Nur Serena ging er nicht aus dem Sinn. Ihr war aufgefal-
len, dass er plötzlich nicht mehr lallte und sein Verstand
mit einer Logik funktionierte, die weit entfernt war von
den irrationalen Zusammenhängen, derentwegen man ihn
gehänselt hatte. Sie musste immer wieder an ihn denken
und an die Begebenheit mit dem Fisch, den sie damals im
Hafen beschimpft hatte, weil sie meinte, er mache sich
über den Dorftrottel lustig. Waren seine Worte auch rätselhaft gewesen, sie konnte nicht leugnen, dass Beppi eine
Veränderung erfahren hatte. Unsichtbar war er zwar nicht
geworden – oder etwa doch? Hatte sein Verschwinden gar
etwas damit zu tun? Serena musste über sich selbst lachen.
Nein, das war wirklich absurd! Zudem hatte der Fisch
diesen Wunsch abgelehnt.

Als sie einmal mit Jonathan auf der Hafenmauer an der
gleichen Stelle saß wie an jenem Tag, lag es ihr auf den
Lippen, ihm das Erlebte anzuvertrauen. Doch die Verwir-
rung, die damals über sie gekommen war, wurde ihr mit
einem Mal so gegenwärtig. Sie wusste ja selbst nicht
mehr recht, ob ihre Erlebnisse mit dem Fisch Wirklichkeit
oder Fantasie waren, sodass sie es nicht wagte. Sie kannte
Jonathans Hang zum Übersinnlichen wohl, aber ein

sprechender Fisch, der einem Ratschläge erteilte – das schien ihr doch zu abwegig.

Weit draußen auf dem offenen Meer, von bloßem Auge noch deutlich erkennbar, sprang der farbige Fisch hoch auf und tauchte sogleich wieder unter. „Hast du das gesehen?", fragte Serena aufgeregt.

„Nein", antwortete Jonathan, der gerade ein neues Boot musterte, „was denn?"

Verunsichert wiegelte sie ab: „Ach, nichts, es war wohl eine Spiegelung."

Mit dem feinen Gespür, das ihm für Serenas Geheimnisse seit Kind eigen war, nahm er sie zärtlich an der Nase: „Pass auf, Pinocchio, dein Rüssel wird ganz lang, wenn du lügst! Was verheimlichst du mir?"

Sie fühlte sich ertappt, zugleich auch erleichtert, dass sie die Geschichte nun doch erzählen durfte. „Da ist ein großer Fisch", begann sie, „so bunt wie ein Regenbogen. Ich habe ihn einmal beim Elefantenfelsen gesehen und…" Jetzt scheute sie sich doch preiszugeben, dass sie mit ihm geredet und ihn geküsst hatte, sie schämte sich und hatte Angst, sich vor Jonathan lächerlich zu machen. So ließ sie diesen Teil der Geschichte aus. „…und dann bin ich ihm hier im Hafenbecken wieder begegnet. Beppi hat mit ihm gesprochen. Der Fisch sollte ihm einen Wunsch erfüllen." Von da an berichtete sie alles, wie es sich zugetragen hatte.

Jonathan hörte zu und schmunzelte. Als Serena es bemerkte, wurde sie wütend, mehr über sich selbst, weil sie diesem Hirngespinst verfallen war, als über Jonathan, der sie scheinbar nicht ernst nahm. „Ich hätte dir nichts sagen sollen, du denkst, ich habe es geträumt. Ich weiß, es hört sich verrückt an – ach, vergiss es!"

Jonathan nahm sie in den Arm und küsste sie: „Ich glaube dir doch, ich kenne den bunten Fisch auch." Er sprach mit liebevollem Ernst und sie merkte sofort, dass er sich nicht über sie lustig machte. Mit weit aufgerissenen Augen schaute sie ihn an: „Hat er zu dir etwa auch über Wünsche gesprochen?"

„Ja, auch mir wollte er einen Wunsch erfüllen. Und –", er lachte, „ich wusste einfach keinen! Aber er ist ein weiser Fisch, ich habe viel von ihm gelernt."

Serena staunte immer mehr. „Dann glaubst du also, dass Beppi wirklich durch seine Macht normal geworden ist?"

„Ich bin nicht sicher", antwortete Jonathan, „ob durch seine Macht – oder ob der Fisch einfach wusste, dass für Beppi die Zeit gekommen war. Aber das ist nicht wichtig."

Jetzt platzte Serena auch mit dem Teil der Geschichte heraus, den sie vorher verschwiegen hatte, und ließ diesmal nichts aus, auch nicht, dass der Fisch ihren Wunsch nach Gesundheit nicht erfüllen wollte.

Er hielt sie immer noch im Arm und sprach sanft die Worte der Weisheit, die seine Seele ihm zuflüsterte: „Liebste Serena, du brauchst dir deine Gesundheit wirklich nicht zu wünschen. Den Erfahrungen, die du für deine innere Entwicklung brauchst, entkommst du nicht. Aber du bist nicht abhängig von den äußeren Gegebenheiten, denn du allein gestaltest dein Leben: Dein Blickwinkel, deine Bewertung der Dinge entscheidet, ob du glücklich bist oder nicht. Sollte die Krankheit tatsächlich wieder auftreten, schau ihr ins Auge, lächle ihr zu, verbünde dich mit ihr, nimm sie als Lehrmeister an. Und eines vergiss nicht, geliebte Serena: Ich bin an deiner Seite auf diesem Pfad und wandere ihn mit dir. Jeden einzelnen Schritt musst du zwar selbst gehen, ich kann dir keinen abnehmen, und der steile Aufstieg zum Berg ist deine Mühsal. Aber vielleicht darf ich einmal einen Schatten spendenden Zweig über dich halten und dich über einen Moosteppich führen, damit du nicht die heiße Wüste durchquerst. Und hast du Durst, schöpfe ich dir Wasser von der frischen Quelle, bist du müde und kannst nicht mehr weiter, setze ich mich zu dir und warte auf dich. Immer gehen wir Hand in Hand."

23

Die jungen Liebenden heirateten. Die Eltern der Braut hatten davor nochmals deutlich ihre Bedenken vorgebracht und ein letztes Mal versucht, ihre Tochter für ein Studium zu begeistern. Jonathans Großmutter hingegen freute sich, und im Stillen war die alte Frau fast ein bisschen stolz, dass es ihr damals gelungen war, ihren Enkel Lauras ungutem Einfluss zu entreißen.

Am Hochzeitsfest nahmen fast alle Dorfbewohner teil. Vogelgezwitscher und eine laue Frühlingssonne durchdrangen die heitere, warme Atmosphäre, die den ganzen Tag lang vom glücklichen Paar ausstrahlte. Ihre Hochzeitsnacht erlebten sie als etwas Einzigartiges, obwohl sie schon oft beisammen gelegen waren. Nach der unwiderruflichen, klaren Bezeugung des Ehebundes, dem offenen Kundtun des ‚Ich stehe zu dir', war es mehr als Liebe machen: Bei dieser Berührung im Innersten ihres Wesens erhoben sie sich gemeinsam über das Spürbare hinaus und entschwebten in die Einheit, wie zwei Klänge, die zusammen vollkommen harmonisch schwingen.

Im Winter darauf kam Marina zur Welt, zwei Jahre später Fiorella. Salvino zog zu seiner Mutter und überließ das Haus ganz der jungen Familie.

Ihr Leben verlief in einem regelmäßigen Rhythmus, wie das stete Fließen einer leisen Quelle, aus der Tropfen um Tropfen hervorsprudelt und seinen Lauf nimmt, in einem wohltuenden Sinne eintönig, aber nie langweilig. Fest in ihrem Alltag verankert, nahmen sie das Gegebene an, ohne es zu hinterfragen. Serenas Krankheit meldete sich nicht mehr, es gab keinen neuen Schub; sie hatte auch nie wieder einen Arzt aufgesucht, der doch nur die Gesundheit, die sie ohne den geringsten Zweifel in sich fühlte, nach aufwändigen, teuren Untersuchungen bestätigt hätte – oder auch nicht. Der Deckel blieb auf Schrödingers Kiste.

Die Zeit plätscherte weiter aus der Quelle der Zukunft, rieselte durch die Gegenwart des lebendigen Alltags und verlor sich im Meer der Vergangenheit, wo auch Laura und der bunte Fisch, der sich nicht mehr hatte blicken lassen und beinahe in Vergessenheit geraten war, weilten. Die Liebe zwischen Jonathan und Serena wurde selbstverständlicher – aber nicht Gewohnheit, sondern immer wieder neu empfundene Vertrautheit und Zuneigung in unverminderter Tiefe.

Die beiden Mädchen waren schon im Schulalter, als sie noch ein Brüderchen, Eliseo, bekamen. Hatte die Familie vorher schon nicht im Überfluss gelebt, so wurde es jetzt noch schwieriger. Der karge Verdienst aus dem Fischfang reichte kaum für das Lebensnotwendige. Salvino verzichtete auf seinen Teil, er lebte bei seiner Mutter und sie zehrten beide von ihrer kleinen Rente. Von Serenas Eltern, die am Hochzeitstag ihren letzten Widerstand gegen diese Beziehung aufgegeben hatten und fortan nur das Glück ihrer Tochter wünschten, bekamen sie regelmäßig Obst und Gemüse und manchmal einen Geldzuschuss, sooft sie selbst etwas entbehren konnten.

24

Trotz der Armut, in der die Familie lebte, empfand Jonathan nie einen Mangel. Nach wie vor kannte er keine Wünsche; sein Leben lang hatte er sich mit dem begnügt, was er gerade besaß. Seine Zufriedenheit war in ihm selbst begründet und völlig unabhängig von den äußeren Umständen. Tag für Tag stellte er sich seiner Aufgabe, so wie sie auf ihn zukam, und zweifelte nie daran, dass für sie alle immer genug da wäre.

Er liebte seinen Beruf, das Meer, den Wind, auch den Regen und die Kälte – und die Wärme, die ihn stets erwartete, wenn er zu seiner Familie heimkehrte, den Frieden, den er in der Geborgenheit des Zusammenseins mit seinen Lieben empfing.

Nur von Zeit zu Zeit tauchte sein allererstes Gespräch mit dem bunten Fisch ungerufen in seiner Erinnerung auf und stimmte ihn nachdenklich. Es war ihm damals wie ein Versprechen für einen bedeutsamen Wandel in seinem Leben vorgekommen, nicht einen äußeren, sondern für seine innere Entwicklung, und doch hatte sich diese unausgesprochene Ankündigung bisher nicht bewahrheitet, eine wesentliche Veränderung war ihm nicht widerfahren.

Er hatte zwar gelernt, Leidenschaft von wahrer Liebe zu unterscheiden, war mit Serena eine innige Beziehung eingegangen und hatte mit ihr eine Familie gegründet, die in Harmonie und Eintracht zusammenlebte, aber trotz der Dankbarkeit, die er dafür empfand, und seiner angeborenen Zufriedenheit fühlte er in diesen Augenblicken der Besinnung, dass das nicht alles sein konnte, dass etwas fehlte, obwohl er nichts wirklich vermisste.

Dann verschwand diese Wahrnehmung jeweils wieder, um sich erst nach Monaten oder gar Jahren erneut zu melden, und sie zeigte sich jedes Mal in einer klarer umrissenen Form. Deutlich erkannte er sie zwar immer noch nicht und hätte sie nicht in Worte fassen können, aber er lernte ihren Charakter mehr und mehr kennen: Einmal war es ein tiefes Liebesgefühl, nicht zu einem Menschen, sondern als reiner Zustand seines Herzens, einmal eine zehrende Sehnsucht, deren Ursprung ihm unerfindlich war, einmal eine Abwendung von der Welt, als wäre alles um ihn nichts als ein unbewegtes Bild.

Er sprach nie mit jemandem darüber – wie hätte er sich auch erklären sollen, da er doch gar nicht wusste, was ihm geschah? So wanderte er mit demselben Gleichmut, der ihn stets begleitete, durch diese Lebensphasen und ließ sie im Verborgenen auf sein Wesen wirken.

25

Serena, die in ihrer Jugend durch eine harte Lebensschule gegangen war, hatte dabei gelernt, jeden einzelnen Tag zu lieben, was er auch mit sich brachte. Sie war glücklich im Herzen ihrer Familie, nie kam ein Gedanke des Bedauerns über sie, ihre Ausbildung abgebrochen und einen Fischer geheiratet zu haben. Sie schätzte die Eintönigkeit des einfachen Lebens: dieses Wissen, dass sich der folgende Tag gleich abspielt wie der vorangegangene, in anderen Nuancen zwar, im Grundlegenden aber mit einer Stetigkeit, die Sicherheit und Geborgenheit vermittelt. Sie war davon überzeugt, dass sie nicht zufriedener wäre in einem anspruchsvollen Beruf und bei abwechslungsreicher Freizeit. Sollte sie, wie viele ihrer früheren Kameradinnen, immer wieder Neuem, Unbekanntem, Aufregendem nachjagen, in der ständigen Sorge, der Langeweile doch nicht entfliehen zu können? Nein, das schlichte Dasein, in dem die Tage sich im Kleinen voneinander unterscheiden, im Lachen und Weinen der Kinder, in bescheidenen Freuden und Nöten, einem lieben Wort und einem ernsten Blick, erfüllte sie vollends.

Es war ihr zwar nicht bewusst, dass es ihre Seele war, die sich dem Drama des Lebens mit seinen Höhenflügen und Abstürzen verweigerte, sie spürte aber, wie nur die Gleichförmigkeit zu dieser inneren Ruhe führte, die erst den Freiraum schafft für ein wahres Erleben in der eigenen Tiefe, das intensiver und spannender ist als jedes äußere Ereignis. Nur die materielle Not ihrer Familie bedrückte sie von Zeit zu Zeit; dann dachte sie darüber nach, wie sie zu lindern wäre, und besprach ihre Ideen mit Jonathan.

„Wenn wir in den Norden zögen", begann sie eines
Abends, nachdem Fiorella eine Brille verordnet bekommen
hatte und kein Geld für den Optiker da war, „fändest du
bestimmt Arbeit und ich könnte auch etwas dazu verdienen; ich spreche Englisch und Französisch, habe einen
Mittelschulabschluss…"

Jonathan schaute sie mit liebenden Augen verständnis-
voll an. „Könntest du denn in der Fremde leben?", fragte
er und gab gleich selbst die Antwort. „Auch wenn du einst
in Mailand gewohnt hast, es ist nicht deine Heimat. Wir
gehören zu unserer Insel, wo unsere Großväter und ihre
Väter begraben sind; hier sind unsere Wurzeln, die sich
von der vulkanischen Erde nähren, hier schwebt unsere
Seele zwischen Meer und Himmel. Auch wenn wir vielleicht anderswo ein bisschen mehr Geld verdienten: Du
möchtest nicht tatsächlich von hier weg, oder?"

„Sind wir denn nicht überall zu Hause, wenn wir in uns
selbst geborgen sind? Und solange wir zusammenhalten,
du, ich und die Kinder?", entgegnete sie lächelnd.

Jonathan nickte: „Ja, da hast du recht. Aber meinst du
wirklich, wir wären glücklicher, wenn wir uns mehr leisten
könnten?" Sie schwieg unsicher.

„Weißt du", fuhr er nachdenklich fort, „ich glaube fest
daran, dass jeder Mensch eine ganz bestimmte Aufgabe
hat, und diese sollte er erfüllen, so gut er eben kann, ohne
andere um die ihre zu beneiden oder sie für sich zu erseh-
nen. Die eine höher und die andere niedriger, jene als
einfacher und diese als schwieriger zu werten, ist eine
begrenzte Sicht des Weltenplans. Entscheidend ist, das zu
tun, was gerade zu tun ist, und es nicht als Last zu empfinden. Wir sollen nicht das begehren, was uns Freude

bereitet, sondern Freude an dem finden, was wir gerade machen. Wichtig ist nicht das Was, sondern das Wie, nicht die Sache an sich, sondern der Geist, mit dem wir uns dreingeben."

„Denkst du nicht auch", wandte sie ein, „dass wir das Recht, vielleicht sogar die Pflicht haben, nach Besserem zu streben? Und dass wir selbst etwas dafür tun müssen, um unsere Situation zu verändern?"

„Das dürfen wir", stimmte er zu, „aber wir sollten es in uns fühlen, wenn die Zeit für einen Schritt reif ist. Dann kommen uns nämlich auch diese sogenannten Zufälle entgegen – die in Wirklichkeit nur die dazugehörenden Puzzleteile im kosmischen Plan sind. Sie zeigen uns den Weg und bringen die äußeren Umstände zum Passen. Spürte ich, dass ich Bauer werden sollte oder Priester, ich würde es in Angriff nehmen. Ich bin überzeugt, dass sich mir dann alle Möglichkeiten auftäten und die richtige Gelegenheit auf mich zukäme. Nun ist aber nichts dergleichen in mir. Deshalb werde ich an meinem Leben nichts verändern."

„Wenn ich nun aber wüsste", meinte Serena absichtlich herausfordernd, „dass ich einen Schritt zu tun habe, weil eine neue Aufgabe auf mich wartet?"

Jonathan wurde sehr ernst. „Dann wirst du deinen Weg wohl gehen müssen", antwortete er ruhig. „Ebenso wenig, wie ich bereit bin, entgegen meinem Spüren zu handeln, darf ich dich daran hindern, auf deine innere Stimme zu hören."

Sie erkannte die unbegrenzte Offenheit ihres Mannes, wie er ihr die Freiheit ließ, ganz sie selbst zu sein, keine Forderungen stellte und nicht erwartete, dass sie sich einem fremden Willen beugte. Dieses Geschenk tat aber auch weh. „Ist denn deine Liebe nicht groß genug, dass du mich zurückhalten möchtest?", fragte sie mit feuchten Augen.

Er nahm sie in den Arm, drückte sie fest an sich und sprach zu ihr wie zu einem Kind, das weiß, dass alles gut ist, aber trotzdem getröstet werden will: „Ich liebe dich, meine Familie über alles und ich möchte euch nicht verlieren. Der Gedanke, ohne euch zu leben, schmerzt mich bis ins Innerste meines Herzens. Aber ich maße mir nicht an zu sehen, was für dich das Beste ist. Gerade weil ich dich so sehr liebe, lasse ich dich gehen, wenn du glaubst, dein Glück anderswo zu finden. Jeder Mensch hat das Recht auf seine eigenen Erfahrungen – auch dann, wenn andere meinen, darunter zu leiden."

26

Bereits zum dritten Mal lief Serena an diesem Abend zum Hafen hinunter, hielt Ausschau nach der „Maja" und kehrte nach einer Weile enttäuscht zurück. Sie wartete ungeduldig auf Jonathans Rückkehr. Kaum trat er dann endlich zur Tür hinein, sprudelte es aus ihr hervor: „Ich habe heute Pia getroffen. Stell dir vor, sie und Mario hören am Ende dieser Saison im ‚Gabbiano' auf. Sie hat gesagt, sie seien nun einfach zu alt und schafften die viele Arbeit nicht mehr. Das wäre doch etwas für uns! Den Imbiss mit dem Souvenirladen, das würden wir doch zusammen meistern. Was denkst du? Ich habe Pia noch nichts gesagt, ich wollte zuerst mit dir darüber reden, aber ich bin sicher, sie würden es uns zu einem günstigen Zins überlassen."

Jonathan überlegte eine Weile. „Ja, warum nicht", antwortete er dann, während er noch weiter nachdachte, „das mag eine gute Gelegenheit sein. Touristen kommen immer mehr; da könnten wir unser Auskommen schon finden. Aber wäre es dir nicht zu anstrengend?", gab er zu bedenken, „Die viele Arbeit neben den Kindern…"

Sie lachte, glücklich dass er auf ihre Idee so bereitwillig einging: „Nein, das schaffe ich schon. Bald sind die Mädchen ja größer und können ein bisschen mithelfen. Und du", sie war berührt, „müsstest nicht mehr aufs Meer hinausfahren. Du weißt, wie viel Angst ich immer um dich habe, wenn plötzlich ein Sturm aufkommt."

Jonathan schüttelte den Kopf: „Das müssten wir uns dann noch reiflich überlegen. Ich kann den Fischfang nicht dem Vater allein überlassen, er ist nicht mehr so stark, er braucht mich."

„Er könnte doch bei uns im Imbiss mithelfen", wandte Serena ein, „das wäre für ihn auch leichter."

Jonathan schaute ungläubig drein, denn er kannte Salvino: Er war kein ungeselliger Mensch, doch er liebte das Alleinsein auf dem Meer. Aber er meinte zuversichtlich: „Da werden wir schon eine Lösung finden."

Als Serena tags darauf Pia aufsuchte und begeistert von ihren Plänen erzählte, schlug die alte Frau die Hände über dem Kopf zusammen und sagte bestürzt: „Jetzt hast du dir etwas ausgedacht und dir Hoffnungen gemacht! Das tut mir leid. Ich habe dir gestern wohl nicht gesagt, dass Tommaso, Giacomos Sohn, uns immer wieder bestürmt hat, wir sollten uns zur Ruhe setzen und ihm das Geschäft übergeben. Er und seine Frau arbeiten im Sommer jeweils in Ferienhotels, sogar in einem ganz noblen an der Riviera waren sie schon, sie kennen sich damit aus. Wir haben ihnen vor langer Zeit versprochen, dass sie unsere Nachfolger werden, wenn wir einmal aufhören."

Serena war enttäuscht. Sie hatte sich schon einiges überlegt, wie sie das kleine Lokal mit einer jungen, frischen Note einladender gestalten wollte, sich bereits diese und jene Situation vorgestellt und von der Freude gekostet, mit ihrer geliebten Familie etwas aufzubauen. Nun stürzte ihr Luftschloss in sich zusammen.

Als sie traurig nach Hause zurückkehrte, tröstete Jonathan: „Es sollte wohl nicht sein. Lassen wir diesen Traum, der schnell durch unser Leben gehuscht ist, einfach wieder los, ohne Bedauern." Er wiederholte: „Es sollte wirklich nicht sein", und fügte noch hinzu: „Eines Tages, wenn der richtige Moment gekommen ist, wird sich eine bessere Gelegenheit bieten."

27

An Eliseos fünftem Geburtstag, nachdem sie alle zusammen gefeiert hatten und die Kinder wieder draußen beim Spielen waren, saßen Serena und Jonathan noch bei Tisch. Sie fasste seine Hand und sagte zögernd: „Ich muss dir etwas erzählen."

Mit dieser Heiterkeit in den Augen, die sie an ihrem Mann so liebte, schaute er sie erwartungsvoll an.

„Ich war gestern beim Elefantenfelsen", begann sie, „zum ersten Mal seit Langem. Erinnerst du dich an den Wunschfisch?"

„Ja", antwortete Jonathan, „ich habe aber nicht mehr oft an ihn gedacht. Hast du ihn gesehen?"

Serena nickte. „Ich saß eine ganze Weile dort und habe über uns nachgedacht, über dich, mich, die Kinder und unsere Zukunft – ihre Zukunft vor allem. Dann habe ich ihn gerufen. Ein bisschen lächerlich kam ich mir schon vor! Nach all den Jahren war ich mir gar nicht mehr sicher, ob es ihn wirklich gibt oder ob alles nur unserer Fantasie entsprungen war. Auch dachte ich, dass er vielleicht längst gestorben ist oder weit weg in einem anderen Meer lebt. Doch ganz schnell war er da, und er erkannte mich sofort." Serena sprach nicht weiter.

Jonathan schwieg auch eine Zeit lang, bevor er fragte: „Was wolltest du von ihm?"

„Ich hatte ja immer noch einen Wunsch zugute", meinte sie leicht verlegen, „und den habe ich ihm gestern vorgebracht." Sie wartete auf seine Reaktion. Er sagte nichts. Er ließ ihr immer die nötige Zeit, sich ganz mitzuteilen, und äußerte erst dann seine Meinung. So fuhr sie also fort und holte mit einer Rechtfertigung aus: „Seit Jahren warten wir nun auf eine Chance, dass sich eine Möglichkeit auftut, um unsere Lebensumstände zu verbessern. Die Mädchen sind schon groß, bald müssen wir entscheiden, was aus ihnen werden soll – und das Geld ist so knapp! Alles kostet immer mehr, ich schaffe es manchmal fast nicht, damit auszukommen." Wieder legte sie eine Pause ein; sie ahnte, nein, sie wusste ganz bestimmt, dass ihr Mann ihr Handeln nicht billigen würde. Entschlossen sagte sie dann: „Ich habe mir gewünscht, dass sich jetzt an unserer Lage etwas Grundsätzliches ändert, damit es uns allen besser geht."

Sie rechnete mit seinem Widerspruch, aber er fragte nur verdutzt: „Das hast du dir gewünscht? Genau so?"

„Ja, genau mit diesen Worten", gab sie zurück.

„Und er hat dir zugesagt, diesen Wunsch zu erfüllen?", bohrte Jonathan weiter, und seine Stimme klang immer noch erstaunt.

„Er hat gesagt, es werde sich demnächst alles ändern." Sie war irritiert über sein unerwartetes Verhalten.

„Der Fisch hatte recht", murmelte Jonathan mehr zu sich selbst.

„Was meinst du damit?", fragte Serena verunsichert.

Anstatt darauf einzugehen, fragte er zurück: „Warum hast du dir nicht einfach eine Menge Geld gewünscht?"

„Das wäre doch nicht recht! Ich will kein Geschenk: Ich bin ja bereit für unseren Wohlstand zu arbeiten. Ich möchte nur, dass wir endlich eine Gelegenheit bekommen. Verstehst du das nicht?"

Noch einmal folgte Jonathan seinem Gedankengang, ohne ihre Erklärung zu berücksichtigen: „Nun, wir werden sehen, was dabei herauskommt. Dein Wunsch ist so ungenau formuliert, dass alle Möglichkeiten offen sind."

„Genau das habe ich mir dabei gedacht!", gab sie schon beinahe verzweifelt zurück. „Du hast mich ja gelehrt, alles zu nehmen, wie es sich ergibt, und auf die Vollkommenheit des kosmischen Plans zu vertrauen. Also habe ich nur um eine Chance gebeten, ohne zu bestimmen, was es sein soll…"

Jonathan empfand zärtliches Mitgefühl und schloss sie in die Arme. „Mach dir keine Sorgen", beruhigte er sie, „es ist alles gut." Dann erklärte er ihr endlich seine Bedenken: „Weißt du, dieser Wunsch, dass es uns allen besser gehe, ist so vieldeutig. Was du darunter verstehst, ist vielleicht nicht das, was der ewige Regisseur als das Beste für uns weiß. Das ist nämlich immer das, was uns näher zu ihm führt – und oft ist unser Ego gar nicht glücklich dabei…" Sofort tröstete er sie auch: „Aber hab keine Angst, er steht uns bei und hilft uns. Eigentlich hast du dir etwas Wunderschönes für uns alle gewünscht. Denk immer daran, ganz gleich was passieren wird, dass es wirklich das Richtige für uns ist."

Als er ihre Tränen an seiner Wange spürte, fügte er verschmitzt hinzu, um sie aufzuheitern: „Und wenn es ganz schlimm kommen sollte, habe ich schließlich auch noch einen Wunsch frei – um deinen wieder gutzumachen."

28

Am folgenden Tag kehrte Beppi nach all den Jahren der Abwesenheit, in denen niemand auf der Insel je von ihm gehört hatte, ins Dorf zurück. Eine Frau mit einem kleinen Mädchen an der Hand begleitete ihn. Er zog mit ihr in das Haus seiner Mutter ein, die nicht lange nach seiner Abreise zu ihrem Bruder nach Sizilien ausgewandert war.

Die Nachricht von Beppis Heirat und Vaterschaft verbreitete sich überall auf der Insel in Windeseile, wie wenn der Scirocco Wüstensand ausstreut.

So war Serena nicht sonderlich erstaunt, als er am gleichen Abend noch an ihre Tür klopfte. „Ich möchte dich um deine Unterstützung bitten", begann er sofort nach der Begrüßung und kaum hatte sie ihn hereingebeten. „Sarah hat in letzter Zeit viel Schweres durchgemacht. Sie braucht Ruhe, um sich selbst wiederzufinden, und Verständnis, Geborgenheit, Liebe. Willst du ihr beistehen, damit sie sich erholen und hier bald heimisch fühlen kann?"

„Gerne", antwortete Serena bereitwillig, „wir werden bestimmt gute Freundinnen."

„So einfach ist es nicht", erklärte Beppi mit einem verhaltenen Lächeln. „Freundschaft ist das eine, aber sie braucht mehr. Sie versteht kein Italienisch, sie spricht nur Englisch. Du sollst sie unterrichten und bis sie so weit ist, dass sie hier zurechtkommt, ihr täglich zur Seite stehen, was sie auch immer benötigt. Du musst ihr auch helfen, das Kind großzuziehen, allein schafft sie das nicht, zumindest nicht in dieser ersten Zeit."

„Warum tust du das nicht?", fragte Serena, nicht vorwurfsvoll, nur erstaunt.

„Ich kann nicht hier bleiben, ich gehe wieder weg, ich gehöre an einen anderen Ort."

Serena schaute ihn mit großen Augen an. Beppi wusste, was sie dachte, und weihte sie ein: „Sarah ist nicht meine Frau und die kleine Jennifer nicht mein Kind. Irgendwann wird sie dir ihre Geschichte bestimmt erzählen, sobald sie Vertrauen zu dir gefasst hat. Hab Geduld mit ihr."

Mit dem Herzen verstand Serena, aber ihre Neugier wollte mehr erfahren: „Und du? Wo warst du die ganze Zeit, all die Jahre? Und wohin gehst du?"

„Ich habe mein Leben der göttlichen Mutter geweiht und ich will zurück in die Gemeinschaft, in der ich lebe, wo wir alle sie suchen, wo sie der einzige Sinn unseres Daseins ist."

Diese Worte berührten Serena zutiefst; in einer spontanen Geste umarmte sie ihn. Das Erlebnis mit dem Fisch, der ihm den Verstand geschenkt hatte, huschte schnell durch ihren Kopf, eine große Dankbarkeit erfüllte sie. Wie gut war doch für Beppi alles gekommen, ohne dass er es sich überhaupt gewünscht hatte! Sie war zuversichtlich, dass auch ihr Wunsch nach einem besseren Leben eine glückliche Wende nehmen würde. Auf diesen Gedankengang folgte konsequenterweise eine materielle Frage: „Wovon soll Sarah denn leben?"

Beppi griff in seine Jackentasche und hielt ihr eine kleine Plastikkarte hin: „Das Vermögen auf diesem Bankkonto ist groß genug, dass ihr alle davon leben könnt."

Wie von einer unsichtbaren Macht gelenkt, streckte Serena den Arm aus und griff ohne zu überlegen danach. Augenblicklich wusste sie, dass sich jetzt ihr Wunsch erfüllte. Erst als sie die Karte eine Weile schweigend in der

Hand hatte, holte die Wirklichkeit mit ihrer unglaublichen Tragweite sie ein. „Meinst du mit ‚ihr alle'..." Sie schämte sich für ihre stillschweigende Annahme und traute sich nicht, das Unausgesprochene laut zu sagen, aus Angst, die Andeutung missverstanden zu haben.

Beppi lächelte: „Du hast schon richtig gehört: du und deine Familie und Sarah mit dem Kind."

„Wie kommst du denn zu so viel Geld?"

„Es gehört nicht mir, sondern Sarah", erklärte Beppi, „du kannst dennoch bedenkenlos darüber verfügen."

Serena wollte noch etwas einwenden, aber er wehrte ab: „Nimm es jetzt einfach an, später wirst du verstehen."

29

Schon nach kurzer Zeit öffnete sich Sarah. Sie spürte Serenas herzliche Zuwendung, nahm ihre Fürsorge dankbar an; in ihrem Haus war sie immer willkommen, durfte um Hilfe bitten, wann immer sie etwas benötigte. Nie empfand es die eine als bezahlte Pflicht, nie verhielt sich die andere, als hätte sie ein Anrecht darauf. Zwischen den beiden Frauen entwickelte sich binnen weniger Tage eine tiefe Freundschaft, mehr noch, eine geschwisterliche Liebe, als wären sie von Kind an zusammen aufgewachsen.

An einem Nachmittag, als sie in einer kleinen Bucht im Sand lagen und zuschauten, wie Jennifer und Eliseo am Wassersaum spielten, sagte Sarah unvermittelt: „Mein Leben war wie ein Märchen", und in ihrer sonst sanften Stimme schwang Bitterkeit mit. „Ich bin in Kalifornien aufgewachsen, meine Eltern waren arm; ich erinnere mich, dass mein Vater immer wieder arbeitslos war. Mit elf musste ich beginnen mitzuverdienen, in der Küche von billigen Imbissbuden, als Putzfrau, später dann, als ich alt genug war, dass ich offiziell arbeiten durfte, als Kassierin, Kellnerin, in Wäschereien – es gibt wohl keinen Hilfsarbeiterjob, den ich nicht wenigstens kurzzeitig ausgeübt hätte. Natürlich verdiente ich wenig, ich wurde ausgenutzt, ich konnte ja nichts, ich war niemand, ich kam mir vor wie Aschenbrödel." Sie machte eine Pause, wie um diesen ersten Teil ihrer Geschichte zu verdauen. Serena schwieg, aufmerksam nahm sie Anteil.

Sarah fuhr fort: „Dann kam tatsächlich der Prinz. Er war fast zwanzig Jahre älter als ich, sehr attraktiv und reich, unheimlich reich. Seine Eltern waren früh gestorben und hatten ihm, dem einzigen Kind, ein Wirtschaftsimperium hinterlassen." Sie lächelte. „Es hört sich so kitschig an, aber es war wirklich wie in einem billigen Roman. Ich lernte ihn im Kino kennen, wo ich arbeitete. Er konnte sein Ticket nicht mehr finden, wir wechselten ein paar Worte, und irgendwie muss ich ihm gefallen haben, denn er lud mich nach der Vorstellung zu einem Drink ein. Wir verliebten uns und heirateten bald. Er hatte vorher in Beziehungen große Enttäuschungen erlebt. Ich wusste nicht, wer er war und wie viel Geld er besaß – vielleicht habe ich ihn mehr als eine Vaterfigur geliebt, denn meiner hatte sich nie richtig um mich gekümmert, er war zu sehr mit seinen eigenen Problemen beschäftigt gewesen. Trotzdem war unsere Ehe glücklich, wir verstanden uns gut, liebten und achteten uns. Patrick war zwar geschäftlich viel unterwegs, aber mir bereitete es große Freude, das wunderschöne Haus mit dem Garten zu pflegen und endlich nicht mehr jobben zu müssen."

Wiederum hielt sie inne in ihrer Erzählung. Ein Zug von Traurigkeit legte sich über ihr Gesicht. „Nur eines fehlte zu unserem Glück: Ich wurde nicht schwanger. Wir ließen uns untersuchen, es schien alles in Ordnung zu sein; ich nahm sogar Medikamente, aber es wollte einfach nicht klappen. Patrick machte es weniger aus, aber ich… Mit der Zeit steigerte ich mich so in meinen Kinderwunsch hinein, dass ich daran zu zerbrechen drohte. Nichts mehr machte mir Freude, ich sah keinen Sinn mehr. Beinahe zehn Jahre waren wir schon verheiratet und ich war noch nicht Mutter. Zudem hatte ich Schuldgefühle, weil ich überzeugt war, es läge an mir, denn auch meine jüngere Schwester war ungewollt ohne Nachwuchs geblieben."

Serena schaute zu Jennifer hinüber. Sarah schüttelte den Kopf und blickte aus leeren Augen aufs Meer hinaus. Es dauerte lange, bis sie den Faden wieder aufnahm und weitersprach. „Dann bekam Joan ein Mädchen, ich wurde seine Patentante. Natürlich freute ich mich für meine Schwester, aber gleichzeitig tat es mir unheimlich weh. Ich wurde noch melancholischer, zog mich auch von Patrick zurück – er bewies wirklich eine Engelsgeduld mit mir! –, ich saß oft stundenlang am Meer, starrte in die Wellen und hatte nur einen Gedanken im Kopf: Ich will ein Kind, ich will ein Kind, ich will ein Kind! Eines Tages fand ich einen toten Fisch am Strand."

Im Sekundenbruchteil zwischen diesem und dem nächsten Satz durchfuhr Serena eine Ahnung, die sie erschauern ließ. Doch sie hatte keine Zeit darüber nachzudenken oder etwas auszusprechen, Sarah erzählte weiter: „Zumindest wirkte er leblos. Ich blieb stehen und schaute ihn an." Sie richtete ihren Blick gerade auf die Freundin und sagte ernst: „Bitte halte mich jetzt nicht für verrückt. Was ich dir gleich erzähle, hört sich unglaublich an, aber es ist wahr – Beppi glaubt es auch", fügte sie hinzu, wie um ihrer Aussage mehr Gewicht zu verleihen. „Der Fisch begann ganz bunt zu werden, seine Schuppen nahmen plötzlich alle Farben an, er bewegte die Schwanzflosse und dann sagte er – lach mich nicht aus, er hat tatsächlich zu mir gesprochen. Er sagte: ‚Wenn du mich ins Meer wirfst, erfülle ich dir einen Wunsch.‘ Ich kann dir nicht erklären, warum ich in dem Moment nicht an meinem Verstand zweifelte, es war einfach so real! Ich habe ihn aufgehoben, er war schwer, und bin, angekleidet wie ich war, bis zum Bauch ins kalte Wasser gewatet und habe ihn losgelassen.

Er ist gleich wieder aufgetaucht und hat mich gefragt, was er für mich tun könne, und – ich verstehe es heute auch nicht mehr, wie ich überhaupt denken konnte, dass ein Fisch… Aber ohne zu überlegen habe ich gesagt: ‚Ich will ein Kind‘.“

Serena saß wie erstarrt da, mit halb geöffneten Lippen und weit aufgerissenen Augen; sie nahm nichts mehr um sich herum wahr, nicht einmal Eliseo, der an ihr zerrte und schrie, er habe Durst. Sarah beobachtete sie beunruhigt: „Sag doch etwas! Sag ruhig, dass ich spinne! Ich hatte dich gewarnt, dass es sich verrückt anhört, aber so war es.“

Langsam kam Serena wieder zu sich. „Ich glaube dir“, sagte sie kaum hörbar, „erzähl weiter – was ist dann passiert?“ Ein Schatten hatte ihr Herz eingehüllt, ein kalter, bedrohlicher Hauch umwehte sie, aber sie wollte es erfahren, der Wahrheit ins Angesicht schauen.

Sarah brauchte noch eine ganze Weile der Stille und Sammlung, um die Sprachlosigkeit und den Schmerz zu überwinden, die bei der Erinnerung an die folgenden Ereignisse von ihr Besitz ergriffen hatten. „Ich habe mein Kind bekommen“, sagte sie betont und hart, voller Selbstvorwürfe und Schuldgefühle, „und dabei die anderen Menschen verloren, die ich liebte. Während ich mit dem Fisch sprach, zur selben Zeit, fuhr Joan mit ihrem Mann und der Kleinen auf dem Highway. Sie wurden unschuldig in einen Unfall verwickelt. Beide waren auf der Stelle tot, nur Jennifer überlebte unverletzt, wie durch ein Wunder.“ Sarah weinte. Serena war erschüttert und unfähig, sich zu rühren oder etwas zu sagen.

„Und weißt du“, fuhr Sarah dann schluchzend fort, laut und erbarmungslos, „wer der Fahrer war, der beim Überholmanöver die Herrschaft über sein Fahrzeug verlor und meine Schwester und meinen Schwager tötete? Patrick, mein Mann Patrick. Er wurde dabei auch so schwer verletzt, dass er noch am selben Abend im Krankenhaus verstarb. Kann das Schicksal grausamer sein?" Sie schrie in den Wind und klagte sich an. „Da hatte ich mein lange ersehntes Kind! Jennifer war ja nun allein auf der Welt, genau wie ich."

Sarahs Leid und Verzweiflung rissen Serena aus der Dumpfheit und Starre, mit der sie dem letzten Teil der Geschichte gelauscht hatte. Sie umarmte die Freundin, begann ebenfalls zu weinen. Lange blieben die beiden Frauen eng umschlungen reglos da.

Dann wich Serenas Mitgefühl der sich ausbreitenden Angst über die Folgen ihres eigenen Wunsches. Obwohl sie sich zu beruhigen versuchte mit dem Gedanken, dass bei ihr ja alles gut gegangen und niemand zu Schaden gekommen war, hörte ihr Herz nicht auf, wild zu schlagen.

Mehr für sich selbst als für Sarah begann sie beschwichtigend und beschwörend zu sprechen: „Dich trifft keine Schuld, du bist nicht verantwortlich für das, was geschehen ist. Der kosmische Plan ist vollkommen und alles hat einen Sinn, auch wenn er uns grausam scheint und wir ihn nicht verstehen. Selbst dass drei Menschen, die du liebtest, gestorben sind, muss sein Gutes haben und ist nicht nur deshalb geschehen, damit du zu deinem Kind gekommen bist. Der kosmische Plan stimmt immer für alle Beteiligten, für jeden Einzelnen in sich, unabhängig von den Folgen für die anderen."

Ihr eigenes Erlebnis mit dem bunten Fisch erwähnte sie nicht, auch nicht, dass Sarahs trauriges Schicksal für sie zum Segen geworden war und sich darin offenbar ein Teilchen des kosmischen Puzzles zum anderen fügte. Aber gerade die Frage nach dem Geld wollte sie doch endlich einmal klären: „Warum hat Beppi mir die Vollmacht über dein Bankkonto gegeben?"

Jetzt lächelte die Freundin wieder, noch etwas traurig und benommen, aber erleichtert. „Ich besitze mehr, als ich in hundert Leben ausgeben könnte. Patrick war wirklich unheimlich reich und ich bin die Alleinerbin, er hatte keine Verwandten mehr. Wie ich mich so elend und schuldig fühlte nach seinem Tod, wollte ich vom ganzen Vermögen nichts wissen und war drauf und dran, alles an eine Stiftung zu übertragen. Aber Beppi, den ich damals eben erst kennengelernt hatte, weil er für seine Gemeinschaft in Kalifornien war – auch einer dieser ‚Zufälle‘ des Lebens, die im richtigen Moment passieren –, also Beppi hat mich überzeugt, es sei besser, wenn ich es selbst an Bedürftige verteile. Als er dir die Bankkarte gab, wusste er, dass ich ebenso gehandelt hätte. Und jetzt möchte ich dir wirklich die Sicherheit schenken, dass du mit deiner Familie nie mehr materielle Not leiden musst – ich war auch einmal arm und weiß, wie bedrückend es ist. Gleich morgen gehen wir zusammen zur Bank und eröffnen für dich ein eigenes Konto mit einem Betrag, der gut bis an dein Lebensende reicht. Du sollst dich nicht länger von mir abhängig fühlen."

Serena wollte widersprechen, aber Sarah ließ sie nicht zu Wort kommen: „Sag nichts, du verdienst es, und mir tut es wohl, das Geld für etwas Sinnvolles einzusetzen – es ist für mich dann, als wäre Patrick nicht vergebens gestorben."

30

Jonathan gegenüber war Sarah zurückhaltend, fast scheu. Mit Worten konnten sie sich nicht verständigen, da er kein Englisch sprach, und seinem Blick, war er auch offen und mitfühlend, wich sie stets aus, indem sie die Augen senkte. Er nahm sie an, wie sie sich auch verhielt, schloss sie in sein Gebet ein und schickte ihr von Herz zu Herz einen Funken der Liebe und der Heilung.

Er bemerkte, wie Serena in ihrer neuen Aufgabe, der sie sich mit Hingabe widmete, aufblühte. In die Freundschaft mit der gleichaltrigen Frau brachte sie ihr ganzes Wesen ein und schöpfte dabei aus einer Quelle, die in den vergangenen Jahren bei der täglich neuen Sorge um die materiellen Bedürfnisse ihrer Familie beinahe versiegt war. Erst jetzt begann sie wieder zu sprudeln und nährte ihre Lebenskraft.

Der Fischer freute sich für seine Frau; nichts aber hatte sich für ihn geändert. Tag für Tag lebte er die Gegenwart mit der inneren Zufriedenheit eines Menschen, der im eigenen Sein ruht. Trotz der finanziellen Sicherheit gab er seinen Beruf nicht auf. Nur wenn Serena ihn bei einem drohenden Wetterumschlag bat, nicht aufs Meer hinauszufahren, willigte er ein; früher hatte er das nie getan, damit der Verdienst nicht ausfiel.

Obwohl alles einen geregelten Lauf nahm und nichts den äußeren Frieden zu bedrohen schien, verriet ihm die Weisheit seiner Seele, dass die Zeit des Umbruchs eben erst begonnen hatte und wichtige, einschneidende Wandlungen noch bevorstanden. Es war ihm zwar versagt, die künftigen Ereignisse im Einzelnen zu kennen, aber die alte

Empfindung, die ihn in unregelmäßigen Zeitabständen besuchte, war wieder einmal aufgetaucht. Diesmal nahm er sie als einen Schmerz wahr und erkannte ihn als das Leiden, das in der unmittelbaren Zukunft auf sie alle wartete. Serena verschwieg er sein Wissen, er wollte ihr Glück nicht vor der Zeit schon trüben.

Hatte er früher gleichmütig zugeschaut und abgewartet, dass diese Seelenzustände vorbeizogen, ohne je ein Wort darüber zu verlieren oder sich etwas anmerken zu lassen, so gelang es ihm jetzt nicht. Er wurde immer stiller und in sich gekehrter, was Serena nicht entging. An einem Sonntag, bei einem Spaziergang allein mit ihm zum weißen Kreuz auf dem Hügel, sprach sie ihn darauf an.

Aufrichtig teilte er seine Erkenntnis mit ihr, denn er wusste, dass schweigen, um nicht wehzutun, oft nur der eigenen Angst entspringt, des anderen Schmerz nicht zu ertragen.

Meistens vertraute sie seinem Ahnen, doch diesmal wollte sie nichts davon hören – noch zu gegenwärtig war ihr Sarahs Geschichte, die sie ihm nie erzählt hatte. „Warum glaubst du nicht einfach, dass mein Wunsch in Erfüllung gegangen ist? Ohne dass etwas Schlimmes folgt?", warf sie ihm aufgebracht vor. „Kannst du nicht zugeben, unrecht gehabt zu haben? Mit deiner Schwarzmalerei ziehst du das Unheil ja geradezu an!"

Ruhig erwiderte er: „Ich spüre es eben. Aber ich kann dir auch eine Erklärung aus meinem Verstand geben: Dass der Fisch ja nicht einfach ,irdische' Wünsche erfüllt, das weißt du. Es geht ihm um etwas Höheres. Und unserer Seele geht es noch nicht besser als vorher. Folglich ist es unwichtig, dass wir mehr Geld besitzen. Erst wenn wir uns weiter von unserem Ego entfernen und uns mehr unserem göttlichen Kern zuwenden, ist ein wesentlicher Fortschritt erfolgt. Du hast es für uns alle gewünscht und so wird es kommen. Ich weiß, dass Beppi und Sarah diese Veränderung ins Rollen gebracht haben – und ich empfinde dabei einen tiefen Schmerz. Ich kann dir nicht sagen warum, ich weiß es wirklich nicht, aber ich fühle es deutlich."

Serena lehnte sich dagegen auf, gerade weil es ihr nicht gelungen war, Sarahs Erzählung zu verdrängen. „Man darf bestimmt auch einmal ein bisschen glücklich sein! Muss man denn immer gleich mit Leid bezahlen?"

„Wir brauchen für unser Glück überhaupt nicht zu bezahlen", erwiderte er gelassen. „Wir sollen bloß lernen, es nicht außerhalb von uns zu suchen. Du aber machst es abhängig von materiellem Wohlstand. Warst du in deinem Innersten wirklich weniger zufrieden, bevor du über dieses Bankkonto verfügtest?"

„Vielleicht nicht", gab Serena kleinlaut zu, „aber ich habe mir täglich Sorgen gemacht, wovon ich das Nötigste bezahlen sollte, es war ein ständiger Überlebenskampf." Sie hatte plötzlich das Gefühl, ihre Existenzängste rechtfertigen zu müssen und darzulegen, dass sie gar nicht so im Vordergrund standen, wie es offenbar den Anschein machte. „Ich hätte Sarah auch ohne Gegenleistung geholfen. Ich mache es gerne, es ist eine dankbare Aufgabe für mich. Und ihre Freundschaft bedeutet mir viel."

„Altruismus ist eine subtile Form des Egoismus. Die Dankbarkeit –"

Serena unterbrach ihn heftig. „Du weißt genau, dass ich es nicht mache, damit Sarah oder Beppi mir danken und in meiner Schuld stehen!"

Er ließ sich nicht beirren: „Den Dank benötigen die meisten Menschen, die sich für andere einsetzen und ihnen helfen, nicht. Es genügt ihnen, dass sie sich nützlich fühlen, weil jemand sie braucht. Daraus beziehen sie ihren Selbstwert. Achte doch einmal darauf, wie Menschen reagieren, wenn sie plötzlich ihrer Möglichkeit, Gutes zu tun, beraubt werden und –"

Abermals ließ sie ihn nicht zu Ende reden und warf ihm vor, er weiche vom Thema ab – sie hatte schon vergessen, dass sie es gewesen war, die das Gespräch in eine andere Richtung gelenkt hatte. Fast flehend fuhr sie dann fort: „Gib doch einfach zu, dass mein Wunsch sich erfüllt hat. Das ist alles. Was die Zukunft bringt, wissen wir ohnehin nicht. Wir werden es dann nehmen, wie es kommt, das hast du mich doch gelehrt."

Jonathan schwieg. Er hatte vorgebracht, was zu sagen war, und mochte nicht weitere Begründungen anführen. Er erkannte, dass für jeden Menschen das, woran er glaubt oder glauben will, wie ein unumstößliches Wissen ist. Deshalb konnte er niemanden, der einer anderen Überzeugung anhing, umstimmen, ebenso wenig wie er seiner eigenen Wahrheit untreu werden wollte. ‚Hätten Argumente wirklich die Macht zu bekehren', dachte er, ‚gäbe es keinen Unfrieden auf der Welt, nur Eintracht in Weisheit.'

Allerdings spürte er jetzt noch deutlicher als früher, dass selbst ein glückliches, sorgenloses Dasein nicht ausreichte. ‚Es kann einfach nicht der Sinn des Lebens sein!', wurde ihm klar bewusst. ‚Auch wenn es schön und angenehm ist und ich dabei versuche, mir selbst und anderen gegenüber aufrichtig zu sein und niemandem etwas zuleide tue, sondern ein rechtschaffenes Leben führe und helfe, wo ich

kann: Das genügt einfach nicht! Selbst die Liebe, das erha-
benste und edelste der Gefühle, meine Liebe zu Serena und
den Kindern – reicht das? Ich liebe auch meinen Vater,
meine Großmutter, Freunde – aber das ist immer noch zu
wenig!'

Während der Schmerz in seiner Brust aufflammte, meinte er zu verstehen, dass er dieses Leben verschwendete,
weil er es nicht stärker ausfüllte. Da war noch so viel
Raum in seinem Herzen! Er durfte ihn nicht brachliegen
lassen und seine Seele in den engen Grenzen gefangen
halten, sie schrie nach Weite, nach der Unendlichkeit,
dem Absoluten.

31

Monate vergingen, in denen sich nichts Außergewöhnliches ereignete. Jonathan sprach nicht mehr über seine Empfindungen und Serena ließ ihr Wissen um die Folgen von Sarahs Wunsch langsam einschlummern, nachdem ihr selbst bisher nichts Böses geschehen war.

Eines Nachmittags, während Serena mit den Kindern bei ihren Eltern zu Besuch weilte, kam Sarah zum Haus des Fischers. Wie gewohnt trat sie nach einem kurzen Anklopfen ein, ohne die Antwort abzuwarten, und prallte auf Jonathan, der gerade hinaus wollte. Zum ersten Mal hielt sie seinem Blick stand und sie schauten einander direkt an. Er tauchte in ihre melancholischen dunklen Augen ein und entdeckte darin den gleichen Schmerz, der seit ihrem Erscheinen kaum wahrnehmbar in ihm wohnte und sich nur von Zeit zu Zeit deutlicher bemerkbar machte, damit er nicht in Vergessenheit gerate. Jetzt brach er mit aller Gewalt durch und bohrte sich in sein Herz. Ihm wurde schwindlig und er wirbelte in eine Tiefe ohne Boden.

‚Das ist ein Zeichen, nun ist es also so weit‘, dachte es in ihm. Im gleichen Moment durchflutete ihn eine Welle des Trostes. Sie minderte den Schmerz zwar nicht, machte ihn aber sichtbar, und Jonathan erkannte ihn als winzigen leuchtenden Punkt in seinem Herzen, von dem in alle Richtungen Strahlen ausgingen.

Diesmal war er es, der den Blick senkte. Verschwommen sah er, wie Sarahs Füße sich entfernten, hörte die Tür sich öffnen und gleich wieder zufallen.

An dem Tag lief die „Maja" zum ersten Mal ohne triftigen Grund nicht aus. Gemächlich und bedacht, als müsste er jeden einzelnen Schritt abwägen, wanderte Jonathan zum Elefantenfelsen. Genauso flink wie früher als Jüngling erklomm er ihn und legte sich mit ausgestreckten Armen auf den Rücken, den Blick zum Himmel gewandt. Wie ein Stern strahlte der Schmerz in ihm, er gab sich gar keine Mühe, ihn zu vertreiben, ließ ihn gewähren. Sein Denken hingegen versuchte er abzuschalten. Er wollte inwendig schweigen und auf seine innere Stimme hören. Es gelang ihm nicht. Sarahs Augen schauten ihn an und darin kreisten wirr seine Gedanken: Serenas Worte, wie sie ihm ihren Wunsch erzählte, Eliseo, der ihm weinend seinen kaputten Ball hinhielt, und auch dass die „Maja" wieder einen neuen Anstrich brauchte. Anstatt still zu werden, tauchte immer Banaleres aus ihm auf, und seine Unruhe wuchs.

Er setzte sich auf und legte den Kopf auf die Knie, es hatte keinen Sinn. Ratlos kehrte er nach Hause zurück und versuchte, sich nichts anmerken zu lassen.

Auch am nächsten Tag war es ihm nicht darum, Fische zu fangen. Doch er wollte sich nicht so gehenlassen und die „Maja" sollte nicht unnütz, ihrer Aufgabe beraubt, an der Mole liegen. Also löste er die Vertäuung, steuerte sie aus dem Hafenbecken, umschiffte die Insel und warf lustlos die Netze aus in Gewässern, in denen man bekanntlich nichts fing.

Der Schmerz in seiner Brust hatte nachgelassen, aber sein Denken war immer noch selbstständig, bloß greifbarer und zielgerichteter war es geworden und führte einen regelrechten Dialog: ‚Was ist eigentlich los mit dir? Du hast alles, was du brauchst, und mehr als ein Mann sich wünschen kann: eine wunderbare Familie, ein sorgenloses Dasein.' ‚Doch du weißt', setzte ein anderer Gedanke ein, ‚dass nicht das der Sinn des Lebens ist – das Ziel ist ein höheres.‘ Und der erste suchte nach einer Begründung: ‚Sollte die Liebe nicht allumfassend sein? Sich nicht auf wenige beschränken?‘ Dann schien noch ein dritter aus einer anderen Ecke hinzuzukommen: ‚Du wusstest doch bisher immer, wo dein Weg hinführte! Warum siehst du die Richtung plötzlich nicht mehr klar? Hast du dich verirrt?‘ Und ein letzter, der bisher offenbar geschwiegen hatte, setzte dem ganzen Kreisen ein Ende: ‚Hör auf, wissen zu wollen, was die Zukunft bringt! Wenn Beppi auf diese Weise in dein Leben getreten ist und Sarahs Augen dir Geheimnisse andeuten, ohne sie vollständig zu entschleiern, lass es dabei bewenden – es wird alles kommen, wie es für euch gut ist, daran hast du doch noch nie gezweifelt. Und solange du nicht unmissverständlich in dir spürst, was du in deinem Leben ändern sollst, lässt du es bleiben und machst weiter wie bisher.‘

Jonathan seufzte laut und schüttelte den Kopf. Es hatte wirklich keinen Sinn. Er zog die Netze wieder ein und staunte über den reichen Fang. Er begutachtete ihn sorgfältig und war dennoch enttäuscht: Anstelle der vielen Fische hatte er nur auf den einen gehofft, um ihm sein Herz auszuschütten und ihn um Rat zu fragen.

Im gleichen Augenblick schwamm der weise Fisch unter den Kutter und wartete, dass man nach ihm verlangte. ‚Die Menschen müssen lernen‘, dachte er, ‚ihren Stolz und ihre Angst zu überwinden und um das zu bitten, was sie brauchen und möchten. Wie sollen sie das je, wenn man ihnen die Hilfe immer geradezu aufdrängt?‘ Er tauchte in die Tiefe und entfernte sich wieder, nachdem er eine Weile vergebens auf einen Hilferuf gehorcht hatte.

Die Sonne war schon am Untergehen, als der Fischer den Hafen erreichte; gleichzeitig lief eines der schnellen Kursschiffe aus Sizilien ein. Beppi stieg aus, sah die „Maja" sich nähern und wartete, bis Jonathan sie vertäut hatte. Dann begrüßte er ihn mit einer herzlichen Umarmung.

‚Auch das ist ein Zeichen', durchfuhr es Jonathan. Seinem Gedankenkreis folgend fragte er: „Bleibst du jetzt?"

Beppi schüttelte den Kopf.

„Warum nicht?", forschte Jonathan. „Sarah ist doch eine schöne, liebenswerte Frau."

„Ich kann ihr nicht geben, was sie braucht. Meine Liebe könnte ihr nie ganz gehören." Beppi war sicher, dass der Freund ihn nicht missverstand, dennoch ergänzte er: „Ich gehöre der göttlichen Mutter allein. Manche, die sich für religiös oder spirituell halten, machen nichts weiter, als sich wie schizophren in zwei voneinander getrennte Bereiche aufzuspalten: Einen Teil widmen sie dem Absoluten, beten und meditieren, der andere Teil geht dem Alltag mit seinen dummen Sorgen und belanglosen Wünschen nach und vergisst das Höchste dabei ständig. Schon Jesus aber sagte: Sucht nur das Himmelreich, alles andere wird euch gegeben. Das wahre spirituelle Leben, das Streben nach dem Einen duldet keine Halbheiten. Man muss sich dem Göttlichen ganz hingeben, ihm alles opfern, es zum einzigen Sinn und Ziel des Lebens machen. Man muss wählen, entweder Gott oder die Welt – beides geht nicht. Ich habe mich für das Göttliche entschieden, unwiderruflich. Wie könnte ich Frau und Kind neben ihm haben?"

Bei diesen Worten loderte der strahlende Stern von Jonathans Schmerz auf, erfüllte seinen ganzen Körper, sodass er meinte, ohnmächtig zu werden.

32

Jeden Tag begab sich Jonathan nun zum Elefantenfelsen und überlegte, wie er mit der Erkenntnis, die in ihm gereift war, einen anderen Pfad einschlagen könnte als den Kreuzweg, den er vor sich sah. Nein, ausweichen wollte er nicht, denn er wusste, dass es unmöglich ist, seinem Lebensplan zu entkommen. Aber wie es Serena sagen, dass es sie nicht allzu sehr verletzte, darüber dachte er nach, zumindest versuchte er es, doch meistens erfolglos. In ihm wiederholte sich nur immer und immer wieder Beppis Ausspruch: ,Man muss wählen, entweder Gott oder die Welt.' Dabei hatte er es zu sich selbst gesagt und keineswegs Jonathan gemeint. Doch selbstverständlich war diese Begegnung kein Zufall gewesen.

Die über all die Jahre wiederkehrende Empfindung, dass das Glück und die Zufriedenheit nicht ausreichten und er nicht genug aus seinem Dasein machte, hatte ihn diesmal in einer Weise aufgebrochen, die sich nicht mehr zukitten ließ. Der Riss ging zu tief. Jonathan war, als hätte er sein ganzes Leben lang auf eben diese Worte gewartet. Petrus kam ihm in den Sinn, wie Jesus ihn aufforderte, die Netze fallen zu lassen und ihm zu folgen.

Es waren aber nicht nur Leid und Verzweiflung in seiner Brust. Da breitete sich auch eine unaussprechliche Erleichterung aus, dass die Unsicherheit der vergangenen Monate zu Ende war und er endlich seinen Lebensweg und das Ziel seiner Bestimmung mit aller Klarheit sah. Wirkliches Glück empfand er dennoch nicht. Die heitere Gelassenheit, die ihn seit seiner Kindheit stets begleitet hatte, war ihm verloren gegangen, und lediglich ein freudloser Gleichmut versuchte verbissen inmitten der erdrückenden Schwere seines Herzens nicht unterzugehen. Er litt ja nicht nur, weil er Serena wehtun würde. Gewaltig und beinahe unerträglich war auch der Schmerz seines eigenen Verlustes: Nie wieder sollte er die geliebte Frau an seiner Seite haben, die Nähe seiner heranwachsenden Kinder nicht mehr spüren!

Er schrie verzweifelt ins Meer hinaus: „Göttliche Mutter, warum reißt du mich von meinen Lieben?"

Beppi schaute Jonathan durchdringend an. „Hast du es dir wirklich gut überlegt?", fragte er ihn ernst. „Nicht, dass du es nicht wieder ändern könntest – aber es gibt Verzweigungen im eigenen Leben und in dem der anderen, an die man nie wieder kommt. Der Weg führt einen stets nur vorwärts, ein Zurück ist nicht möglich."

„Es gibt nichts mehr zu überlegen", antwortete sein Freund mit einem tiefen Seufzer. „Wenn es nach meinem Kopf und nach meinem Herzen ginge, nähme ich das nicht auf mich. Aber ich kann die Stimme meiner Seele nicht überhören und nicht übergehen, ich muss ihr folgen. Es bleibt dabei: Ich komme mit dir in eure Gemeinschaft. Ich gehöre dem Göttlichen – das ist der Sinn des Lebens, nach dem ich immer gesucht habe. Ich bin bereit, auf alles zu verzichten, alles aufzugeben. Serena und die Kinder sind ja versorgt. So scheint auch für mich ihr Wunsch endlich in Erfüllung zu gehen... Aber wird es ihr dann immer noch gutgehen? Was meinst du, Beppi, wird sie es verkraften?"

Mitfühlend tröstete ihn der Freund: „Hab das Vertrauen, dass die Entscheidung, die für dich stimmt, auch für alle anderen die richtige ist, dafür sorgt die göttliche Mutter schon. Kein Mensch hat die Macht, in den kosmischen Lebensplan eines anderen zu pfuschen, so auch du nicht in Serenas Plan. Die Erfahrung, einen geliebten Menschen zu verlieren, liegt offenbar auf ihrem Weg und wird für sie, für ihr inneres Wachstum, nützlich sein." Dann hielt er fest: „Ich reise also übermorgen mit dem ersten Kursschiff. Wenn du mich begleitest, treffen wir uns am Hafen."

Serena hatte Jonathan schweigend und regungslos zugehört, bis zu den letzten Worten: „Übermorgen fahren wir." Da krampften sich ihre Hände, die in den seinen lagen, zusammen und sie schluchzte laut. „Nein! Ich will nicht, dass du gehst! Der liebe Gott fordert von dir bestimmt nicht, dass du deine Familie verlässt. Das wäre doch ein unmenschlicher Gott, ohne Güte. Das kann nicht sein!"

„Gottes Wille und Gottes Plan sind nicht menschlich, sie sind göttlich. Er weiß, wozu alles gut ist, und wir mit unserem kleinen Menschenverstand dürfen uns nicht anmaßen darüber zu urteilen."

Sie schrie auf: „Lass deine weisen Sprüche! Wo nimmst du die Überheblichkeit her, Gottes Willen zu erkennen? Du versündigst dich, wenn du uns im Stich lässt!"

Jonathans Herz brannte, doch die Worte seiner Seele kamen ihm ruhig über die Lippen: „Es gibt nur eine Sünde: nicht auf seine innere Stimme zu hören."

Verzweifelt entriss sie ihm die Hände. „Ich glaube nicht, dass du auf Gottes Worte hörst, es ist eine Eingebung des Teufels! – Denk noch einmal darüber nach, Jonathan, bitte, geh nicht fort!"

Er streckte ihr beide Arme entgegen, ohne sie zu berühren, und sprach sanft, mit Tränen in den Augen: „Serena, ich liebe dich, das weißt du, daran hat sich nichts geändert. Ich liebe dich mehr als mein Leben. Ich liebe die Kinder mehr als mein Leben. Und nur Gott weiß, wie sehr dieser Schritt mich schmerzt. Glaubst du wirklich, ich würde ihn tun, wenn ich nicht überzeugt wäre, dass es der richtige ist?" Serena weinte lautlos und rührte sich nicht.

‚Bei einem Menschen, der Trost braucht, sollte ich nicht auf einen Hilferuf warten', dachte der bunte Fisch und tauchte neben Serena auf, die am Fuß des Elefantenfelsens saß. Sie entdeckte ihn nicht sofort, denn sie hielt ihr Gesicht in den Händen vergraben und weinte. Er spritzte sie mit der Schwanzflosse ein wenig an, um auf sich aufmerksam zu machen.

Kaum sah sie ihn, schluchzte sie stärker. „Hätte ich diesen Wunsch nie geäußert! Jonathan hatte recht. Könnte ich es bloß ungeschehen machen –" Dabei schaute sie ihn halb bittend, halb fragend an.

So gefühlvoll ein Fisch nur sprechen kann, sagte er: „Zurück kann man nie, Serena, es geht immer nur vorwärts. Wenn du im Augenblick auch denkst, du befändest dich in einem dunklen Tal, wo kein Lichtstrahl hingelangt: Auf der anderen Seite geht es wieder bergan, und die nächste Höhe, die man erklimmt, ist immer schöner als die, von der man kommt."

Sie hörte gar nicht richtig hin; sie hatte nur begriffen, dass ihr Wunsch mit all seinen Folgen unwiderruflich war.

Auf einmal ließ ihr Weinen nach, denn sie hatte eine plötzliche Eingebung: „Ich kann nicht zurück, das akzeptiere ich. Aber wenn ich dich nochmals küsse, erfüllst du mir dann einen weiteren Wunsch?"

Er schaute sie missbilligend an. „Hast du noch nichts gelernt? Nun ja, wenn du meinst – lass es darauf ankommen. Küss mich."

Ohne zu zögern, neigte sie sich zu ihm hin und presste ihre Lippen auf seine Stirn. Sogleich erhob sie sich wieder und schaute ihm gerade in die Augen oder zumindest in das eine, das ihr zugewandt war. „Jetzt also mein Wunsch –"

„Langsam, langsam", unterbrach er sie. „Vor vielen Jahren schon habe ich dir gesagt, dass ich nicht jeden Wunsch erfüllen darf."

Verdutzt wollte sie etwas einwenden, aber er ließ sie nicht zu Wort kommen: „Wenn dein Wille, besser gesagt dein Wollen, stark genug ist, gibt der göttliche Regisseur hie und da nach. Manchmal ist dein Wille aber auch im Einklang mit seinem, dann gehen deine Wünsche ohnehin in Erfüllung. Alles, was euch geschehen ist, hat der erhabene Regisseur so geplant, damit ihr die Erfahrungen macht, die euch weiterbringen. Die einzelnen Ereignisse sind dabei nicht so wichtig, da hätte es tausend andere Möglichkeiten gegeben. Diese eine aber hat für euch alle gepasst, für dich, deinen Mann, die Kinder, Beppi, Sarah, Jennifer und die vielen anderen Beteiligten. Schau, Jonathan muss einen ganz bestimmten Weg gehen. Um es ihm leichter zu machen, hat der göttliche Regisseur dafür gesorgt, dass seine Familie keine materielle Not leidet. Sein kosmischer Plan ist doch vollkommen…"

„Ist er nicht!", rief Serena aufgebracht. „Für mich passt es überhaupt nicht, wenn der Mann, den ich liebe, der Vater meiner Kinder, uns verlässt! Was soll daran vollkommen sein?"

Der Fisch lachte: „Einmal in deinem Leben hattest du das Vertrauen, dass es so ist. Damals hast du dich für Jonathan und eine Familie entschieden, trotz der Bedrohung durch deine Krankheit – und du bist von ihr geheilt worden, weil du in deinem Innersten ehrlich bereit warst anzunehmen, was auch immer käme. Der kosmische Plan hat sich ganz anders entfaltet, als du es erwartet hattest. So ist es auch diesmal, und nun bist du in einer höheren Schulklasse, eine neue Lektion auf dem Weg deiner Entwicklung steht an: Lerne!"

Serena fühlte sich tatsächlich so ohnmächtig wie damals, als sie um ihre unheilbare Krankheit wusste, ganz ohne Hoffnung und ohne Zukunft, allein gelassen mit sich.

Persönlich hatte der Fisch Erbarmen, aber auch er war in den kosmischen Plan eingebunden, und es war seine Aufgabe, die Menschen zu lehren und sie auf die Wegweiser aufmerksam zu machen. Deshalb fügte er hinzu: „Aber einen Wunsch darf ich dir schon erfüllen, vorausgesetzt er ist vernünftig. Sei also vorsichtig, überlege ihn dir gut!"

In ihrem Ego gefangen, blind vor Liebeskummer und Selbstmitleid, überhörte sie seine unüberhörbare Warnung und platzte ohne nachzudenken heraus: „Ich wünsche mir, dass Jonathan nicht weggeht!"

Der Fisch klatschte mit seiner riesigen Schwanzflosse so heftig aufs Wasser, dass sie von Kopf bis Fuß nass wurde.

„Warum bist du jetzt wütend?", fragte sie scheinheilig und fühlte sich heiter überlegen beim Gedanken, dass sie nun doch noch bekam, was sie so sehr ersehnte.

„Einen vernünftigen Wunsch habe ich dir zugestanden", schalt der Fisch. „Du hast nicht das Recht, über einen anderen Menschen zu bestimmen! Nie und nimmer darf jemand in den Lebensplan eines anderen eingreifen. Und kein Wesen, weder auf der Erde noch im Himmel, besitzt diese Macht, außer der Erhabene verleihe sie ihm. Dein Wunsch ist wertlos."

Er tauchte schnell unter und verschwand, damit sie die Träne in seinem großen, wässrigen Fischauge nicht entdeckte. ‚Manchmal muss man hart sein‘, dachte er, ‚tut es einem noch so weh, damit die Menschen, die man liebt, einen Schritt weiterkommen.‘

Serena fing wieder an zu weinen. „Alles was ich will, ist, dass Jonathan hier bleibt. Worum hätte ich denn sonst bitten sollen?“, schrie sie in den Wind.

„Um etwas für dich selbst“, blubberte der Fisch ins Wasser, „dass du verstehen mögest und dir die Trennung nicht so schwer falle.“

Sie konnte es nicht hören. Später jedoch, nachdem dieser mitfühlende Gedanke die Erde mehrmals umkreist hatte, fand er den Weg in ihr Herz und tröstete es.

Schon lange hatte der Elefant nicht mehr so rege Besuch bekommen. Eine Stunde bevor das Kursschiff zum Festland auslief, stand Jonathan zuoberst auf dem mächtigen Felsen und rief nach dem Fisch. Sofort tauchte dieser auf, als hätte er nur darauf gewartet.

„Du bist mir immer noch etwas schuldig, weil ich dich aus meinem Netz befreit habe", sagte der Fischer ohne lange Vorrede. „Jetzt habe ich einen Wunsch."

Der Fisch nickte und wiederholte, was er davor bereits Serena geraten hatte: „Einen vernünftigen, bitte."

Wie schon seine Frau hörte auch Jonathan, in seinem Kummer gefangen, gar nicht hin und sprach: „Mach, dass mein Weggehen Serena nicht mehr wehtut und dass sie ohne mich glücklich wird."

‚Auch du kannst nicht in den Lebensplan eines anderen eingreifen', dachte der Fisch, ‚aber dein Wunsch ist mehr ein Gebet, und der allmächtige Regisseur wird es bestimmt erhören.' Zu Jonathan sagte er: „Folge getrost deinem Weg. Serenas Herz wird es verstehen und annehmen."

Nun war Jonathan ein Mitglied der Gemeinschaft der Gottsuchenden. Er lernte meditieren und jede seiner Handlungen der göttlichen Mutter weihen. Im Übrigen verlief sein Leben wie zuvor auch: Er arbeitete jeden Tag viele Stunden, nur dass er jetzt nicht mehr Fischer war, sondern Bauer, Gärtner, Tischler, Koch und anderes.

Abends gab der Meister seine Unterweisungen, nicht in Form von Predigten oder Vorträgen, vielmehr in einem gemeinsamen Gespräch, bei dem die Jünger ihre Schwierigkeiten vorbringen und ihre Fragen stellen konnten. Jonathan achtete seinen Lehrer, verehrte seine Weisheit und die Einheit mit dem Göttlichen, in der er lebte. Er spürte die Kraft, die von ihm ausging, und wusste, dass sie nicht dem Menschen eigen war und er ihr nur als Kanal diente. Er war ein wahrer Meister, nicht darauf aus zu bekehren, kein Sektenguru und falscher Prophet, der es auf Macht oder Geld abgesehen hatte, sondern ein demütiger, stiller Mann, der in aller Bescheidenheit in seinem kleinen Kreis Großes wirkte.

Jonathan erkannte schnell, dass seine Gefährten, abgesehen vom allen gemeinsamen Bestreben, dem Göttlichen zu begegnen, so verschieden waren wie die Menschen andernorts auch, innerhalb einer Familie, eines Dorfes, eines Landes. Jeder hatte seine Stärken und seine Schwächen, keiner war ohne Makel. Er entdeckte auch, wie sehr die Schüler sich nach Liebe und Anerkennung sehnten, wie verletzlich sie waren, wenn sie zurechtgewiesen wurden, und dass sie in tiefe Depression fielen, wenn sie meinten, alles falsch zu machen und nicht weiterzukommen.

Aber hauptsächlich wunderte sich Jonathan in der ersten Zeit darüber, dass die kleinen menschlichen Laster, wie Unmäßigkeit beim Essen und Sucht nach Zigaretten, und die niederen Empfindungen Eifersucht, Neid, Missgunst auch an diesem Ort der Wahrheitssuche zum Alltag gehörten, und er fand dafür keine Erklärung. Als sie einmal zusammen die Mittagsmahlzeit zubereiteten, sprach er Beppi darauf an, der die Aufgabe übernommen hatte, ihn zu betreuen, bis er mit allem zurechtkam.

„Das Leben in der Gemeinschaft unterscheidet sich in dieser Hinsicht tatsächlich nicht allzu sehr vom Leben draußen", antwortete er lachend. „Die Schwierigkeiten bei zwischenmenschlichen Beziehungen, die ja nichts anderes sind als die Schwierigkeiten eines jeden mit sich selbst, bestehen auch hier. Sie sind sogar noch ausgeprägter als anderswo: Begibt sich jemand nämlich bewusst und ernsthaft auf den spirituellen Weg, tauchen all seine Schwächen eine nach der anderen auf, auch solche, die vorher noch im Unbewussten verborgen waren. Nur indem wir sie wahrnehmen und uns ihnen stellen, können wir sie überwinden. Und meistens geht das nicht so rasch, denn der Verstand und der Wille reichen nicht aus. Tausendmal müssen wir darüber stolpern, bis wir sie endgültig besiegen."

Eine junge Frau hatte sich zu den beiden gesellt und fügte hinzu: „Beharrlichkeit ist das Wichtigste – und sich nicht der Entmutigung auszuliefern, wenn sich trotz allen ehrlichen Bemühens scheinbar nichts tut. Die Veränderung findet wie hinter einem Schleier statt: Lange sieht man nichts von den kleinen Schritten, die man macht, doch plötzlich lüftet sich der Schleier und man stellt beinahe erstaunt fest, dass man eine Stufe erklommen hat."

Alessandra schüttelte ihr langes rotblondes Haar und jauchzte: „Ist das ein beglückendes Gefühl, wenn du wieder einmal so ein Erfolgserlebnis hast!"

Beppi warf ihr schnell einen missbilligenden Blick zu und berichtigte nüchtern: „Es ist nicht dein Erfolg. Alles verdankst du nur der Gnade der göttlichen Mutter. Du kannst dich bemühen, wie du willst, gegen dein Ego ankämpfen, so fest du magst – und das sollst du auch –, aber nur die göttliche Mutter hat die Macht, etwas zu bewirken, nicht du. Deine einzige Leistung ist, es ehrlich und mit aller Kraft zu wollen – das Übrige tut sie."

Jonathan wusste, dass sein Freund zwar recht hatte, dennoch mochte er seinen Einwand nicht unterstützen. Ihm gefiel Alessandras Begeisterungsfähigkeit und ihre erfrischende Offenheit. Es gab genügend Gefährten, die meinten, Spiritualität sei ausschließlich ernst, besonnen, in sich gekehrt, und in ihrer Verbissenheit der göttlichen Mutter nie ein herzhaftes Lachen schenkten oder sie mit liebevollem Humor erheiterten. Um seine Zustimmung auszudrücken und Beppis Strenge zu mildern, warf er der Frau ein verschwörerisches Augenzwinkern zu. Sie blinzelte fröhlich zurück. Sie war nicht nur eine strahlende Erscheinung, es ging von ihr auch eine Wärme aus, die Jonathan sofort in seinem Herzen fühlte. Er nahm wahr, wie er sich preisgab und ihrer Anziehungskraft erlag.

Sie legte ihm die Hand auf die Schulter, ließ sie mit sanftem Druck für einen Moment dort ruhen, bevor sie dann schon im Gehen sagte: „Sehen wir uns nach dem Essen zu einem kurzen Spaziergang?"

Er zögerte keine Sekunde, als hätte er die Frage geahnt, und antwortete ruhig und bestimmt: „Ja."

Dann schaute er zu, wie sich in ihm ein Hochgefühl ausbreitete und ein süßes Verlangen einnistete. Er sah seinen Verstand zurückweichen, seinen Gleichmut verblassen, beobachtete sein frohlockendes Ego, das sich aufblähte und von Sekunde zu Sekunde an Macht gewann, und seine vor Begehren prallen Sinne.

Schwach und leise regte sich gleichzeitig ein Widerstand in ihm, aus einer solchen Ferne, dass er ihn leicht hätte überhören können. Aber er horchte auf, und während er die äußeren Augen schloss, um ganz in sich einzukehren, schärfte er seinen inneren Blick und suchte nach dem verlorenen Selbst, lauschte auf die feine, zarte Stimme, die langsam klangvoller wurde, je mehr Raum er ihr zugestand, bis er ganz deutlich vernahm: Leidenschaft.

Schlagartig löste das Zauberwort den Bann auf, der ihn von sich selbst getrennt hatte, und er brach in ein befreiendes Lachen aus, während vor seinem inneren Auge ein Film ablief mit Lucca als Schauplatz und Laura als Hauptdarstellerin.

Beppi musterte den Freund argwöhnisch. Jonathan legte ihm den Arm um die Schultern und erzählte ihm die alte Geschichte. „Vorhin mit Alessandra", schloss er, „war die gleiche Situation wie damals. Aber obwohl ich bereits darin gefangen war, habe ich mich gleichzeitig wie von außen beobachten können. Ich habe genau mitbekommen, wie alles ablief mit meinen Emotionen. Und dann hat meine innere Stimme mich wachgerüttelt, als wollte sie mich aus einem Albtraum befreien. Jetzt bin ich draußen, die Leidenschaft ist weg."

Aufrichtige Bewunderung sprach aus Beppi, als er erklärte: „Der Lebensweg verläuft spiralförmig wie auf einer Metallfeder. Du glaubst dich immer wieder an der gleichen Stelle zu befinden, in Wirklichkeit bist du aber eine Spiralwindung höher, wenn du aus der vorangegangenen deine Lehren gezogen hast, und musst dich hier wieder bewähren und Erkenntnisse gewinnen. Du hast das großartig gemeistert!"

„Nun", meinte Jonathan, verdrehte die Augen, mimte furchtsame Besorgnis, „gemeistert ist es erst, wenn ich Alessandra für heute Nachmittag absage – und sie mir nicht den Kopf abreißt!"

38

Roberto, ein älterer Mann, der seit bald zwei Jahrzehnten in der Gemeinschaft lebte, überbrachte die Nachricht. „Es ist etwas Schlimmes passiert", hob er leise und zögernd an, während sein Blick mitfühlend auf Jonathan ruhte. „Nach dem starken Regen hat es in deinem Dorf einen Erdrutsch gegeben. Deine beiden Mädchen... sie waren zu dem Zeitpunkt in einem der Häuser, die vollständig zerstört wurden und jetzt unter Schlamm und Schutt liegen." Er stockte. „Es tut mir so leid, Jonathan – aber es besteht praktisch keine Chance, dass sie noch am Leben sind."

Jonathan fühlte, wie er zuerst innerlich erstarrte und jede Regung von ihm wich. Lange schwieg er, während ungehindert Tränen über seine Wangen flossen. „Und die anderen, Serena, Eliseo... mein Vater...", hob er schließlich an, unterbrach sich jedoch gleich wieder, überwältigt vom Schmerz über den Tod seiner Mädchen und von der Angst, Weiteren seiner Lieben könnte ebenfalls ein Leid geschehen sein.

Beinahe erleichtert, dass er nicht noch mehr Unheil verkünden musste, schüttelte Roberto den Kopf: „Nein, Serena selbst hat angerufen. Sie hat gesagt, den anderen gehe es gut. Aber mehr Informationen kann ich dir leider nicht geben, die Verbindung wurde getrennt und seither sind die Telefonleitungen zur Insel tot." Dann sprach er nochmals sein Beileid aus und bot seinen Beistand an.

Jonathan lehnte ab: „Danke, aber ich möchte jetzt allein sein. Mit der göttlichen Mutter", und begab sich in die Kapelle des Lichts. Er setzte sich auf ein dunkelgrünes Kissen, genau in die Mitte des runden Raumes, bemühte sich um eine aufrechte Haltung, obwohl er sich innerlich völlig zusammengesunken fühlte, und schaute nach oben zum höchsten Punkt der Holzkuppel, bis die Tränen seinen Blick verschleierten und er den Kopf vornüber fallen ließ.

Nur langsam füllte sich die Leere in ihm, mit Trauer und Wehklagen. ‚Göttliche Mutter‘, begann er in Gedanken, aber er konnte nicht mit ihr sprechen noch zu ihr beten, der Schmerz machte ihn stumm. Er haderte nicht mit ihr; die Kraft seines Vertrauens in ihren vollkommenen Plan vermochte sogar diese überschwere Last zu tragen.

Lautlos trat der Meister ein und setzte sich schweigend neben ihn.

„Warum muss Serena auch das noch ertragen?“, fragte Jonathan. Der Weise antwortete nicht.

So fuhr Jonathan nach kurzem Nachdenken weiter: „Und was hat es für mich zu bedeuten? Ist es ein Zeichen der göttlichen Mutter, ich soll von hier fortgehen? In dieser schweren Stunde will ich meinen Lieben nahe und für sie da sein.“

Immer noch schwieg der alte Mann, sodass sich Jonathan verunsichert ganz zu ihm hindrehte und ihm in die Augen schaute. „Ich möchte doch wissen, was ich daraus lernen muss…“, stieß er gequält hervor.

„Als deine Mutter starb“, begann der Lehrer, und seine Stimme schien von ebenso weit her zu kommen wie die Erinnerung, die bei diesen Worten in Jonathan erwachte, „warst du noch ein Kind und hast etwas sehr Kostbares verloren.“ Er legte eine Pause ein. „Und heute“, fragte er dann, „was verlierst du heute?“ Er umarmte seinen Schüler lange und innig und ließ ihn dann wieder allein in der geborgenen Atmosphäre des lichten Gebetsraums.

„Göttliche Mutter, ich will nur dich", kam ihm über die Lippen, es war nur ein Flüstern, ein Hauch. „Göttliche Mutter, ich will nur dich", wiederholte er dann etwas lauter und mit Überzeugung, „ich will alles ertragen, was mich dir näher bringt, und du sollst alles von mir nehmen, was mich von dir entfernt. Ich will nur dich." Frieden senkte sich über ihn, umhüllte ihn ganz, durchdrang ihn und vereinte sich mit dem Frieden, der schon immer in seiner Seele verborgen auf die Erweckung gewartet hatte.

Lange ließ er sich in dieser Empfindung treiben. Auch als er sich in Gedanken wieder an die göttliche Mutter wandte, verflüchtigte sich die Schwingung nicht: ‚Ich habe heute nichts verloren. Marina und Fiorella liegen in deinen Armen. Ich habe sie nie besessen, sie haben immer nur dir gehört.' Die Trauer verschwand, der Schmerz verwandelte sich in Mitgefühl für seine Lieben auf der Insel, die so viel Leid ertragen mussten. Er stand auf und ging in sein Zimmer, um das Notwendigste einzupacken. Am nächsten Morgen in aller Frühe wollte er sich auf den Weg machen.

Nach dem Abendessen saß er wieder in der Kapelle des Lichts. Er wusste nicht, wann er hierher zurückkommen würde, und es war ihm, als müsste er für die Zeit der Abwesenheit Kraft und Stille auftanken. Mit geschlossenen Augen tauchte er tiefer und tiefer in sein Inneres ein, gab sich den ungerufenen Bildern hin und ließ seine Gedanken vorüberziehen.

Das laute Klacken der beinahe gewaltsam aufgedrückten Tür riss ihn jäh aus seiner Versenkung und er sah Beppi hereinstürmen, fast stolperte er noch über die Schwelle – ein ungewohnter Anblick in diesem heiligen Raum und des sonst so besonnenen und beherrschten Freundes.

„Jonathan!", rief er, noch bevor er bei ihm angelangt war. „Serena hat eben angerufen, erst seit ein paar Minuten funktioniert das Telefon wieder: Deine Mädchen leben, sie sind wohlauf!"

Jonathan schaute ihn mit großen Augen an, beinahe ungläubig, und sofort füllten sie sich mit Tränen. Ein solches Glück hatte er in seinem ganzen Leben noch nie empfunden, das Glück, dass seine geliebten Töchter lebten, und das Glück über die unendliche Barmherzigkeit der allumfassenden Liebe. Er flüsterte überwältigt: „Danke, göttliche Mutter, danke!"

Obwohl er die Rührung des Freundes bemerkte, konnte Beppi sich nicht zurückhalten und platzte aufgeregt mit den Einzelheiten heraus: „Marina und Fiorella wollten den Nachmittag bei einer Freundin verbringen, die in eben dem Haus wohnte, das vollständig zerstört und begraben wurde. Deshalb dachte man, sie seien tot. Aber alle drei Mädchen sind, bevor die Schlammlawine niederging, mit dem Bus ins nächste Dorf gefahren, um eine gemeinsame Freundin zu besuchen. Sie haben von der ganzen Katastrophe erst erfahren, als sie sich auf den Heimweg machten und zurückgeschickt wurden, weil die Straße gesperrt war. Und sie konnten nicht einmal sofort zu Hause anrufen, die Leitung war ja unterbrochen!"

Jonathan war so ergriffen von Dankbarkeit und Liebe, dass er immer noch weinte. Jetzt wollte Beppi sich zurückziehen, aber da stand Jonathan auf und folgte ihm. „Ich rufe Serena an, ich möchte diese Freude wenigstens am Telefon mit ihr teilen – auf die Insel werde ich nun ja nicht mehr fahren."

39

Seit mehreren Monaten lebte Jonathan schon in der
Gemeinschaft. Der Winter hatte eine außergewöhnliche
Kälte gebracht, sodass man nicht mehr oft draußen und
in den ungeheizten Werkstätten arbeitete und viel Zeit im
großen Kaminraum vor dem lodernden Feuer verbrachte.
Auch der Meister widmete sich in diesen Tagen vermehrt
seinen Schülern, mit denen er sonst nur abends zusam-
mensaß. Die Gespräche umfassten meistens spirituelle
Themen, aber manchmal wollten die Jünger einfach die
Meinung des Lehrers hören zu aktuellen politischen und
gesellschaftlichen Ereignissen oder über Persönlichkeiten
des religiösen Lebens aller Glaubensrichtungen. Einzelne
befragten ihn auch über Aussagen aus Büchern, die sie
gerade lasen, andere suchten seinen Rat in Familienange-
legenheiten oder für Freunde außerhalb der Gemeinschaft,
mit denen sie verbunden waren.

Die meisten Bewohner von Jonathans kleiner Insel
glaubten an Gott, nahmen regelmäßig an der Messe teil,
und einige führten auch ein religiöses Leben im Schoß
der Kirche. Aber nie hatte er Menschen getroffen, die so
bewusst und kompromisslos ihren spirituellen Weg gingen,
mit dem einzigen Ziel, dem Göttlichen zu begegnen. Wissbegierig lauschte er den Berichten seiner Gefährten über
ihre Erkenntnisse und Erfahrungen, ihre Schwierigkeiten,
die Zweifel und die Entmutigung, die sie manchmal befie-
len, und er sog wie Nektar die Worte des Meisters ein,
der den einen tröstete, den anderen liebevoll ermahnte.
In seiner Weisheit klärte er auf, was vorher verschleiert
schien, und beleuchtete, was im Dunkeln lag.

Als Anna erzählte, wie sie in den vergangenen Wochen mehrmals Situationen erlebt hatte, die ihre alte Verletzung widerspiegelten, als Kind von den Eltern nicht angenommen und immer wieder in fremde Familien gegeben worden zu sein, brachte Jonathan zur Sprache, worüber er neulich nachgedacht hatte: „Auch mir kommt es vor, als ob sich hier die wichtigen Ereignisse meines Lebens in ganz ähnlicher Form wiederholten. Als junger Mann lernte ich die Leidenschaft zu einer Frau kennen und verwechselte sie mit Liebe; jetzt – ", er schaute schnell zu Alessandra hinüber, „bin ich der gleichen Empfindung nochmals begegnet. Dann wisst ihr ja, wie die Nachricht vom Tod meiner Töchter mich traf – als Kind habe ich meine Mutter verloren. Und da waren noch andere Begebenheiten, nicht ebenso bedeutende, aber für mich ein unübersehbares Abbild von früher."

„Diesmal hast du es aber bewusst erlebt und deshalb anders wahrgenommen und dich entsprechend verhalten", warf Alessandra, die für Jonathan immer noch mehr als bloße Zuneigung empfand, mit milder Enttäuschung ein.

„Und bestimmt endgültig überwunden!", ergänzte Beppi mit einem triumphierenden Seitenblick zu ihr hin, um sie jeder Hoffnung zu berauben.

Da griff der Meister ein; er ließ Sticheleien und Boshaftigkeit unter den Schülern nicht zu. „Alessandra hat recht", sagte er, als hätte er ihre Aussage rein sachlich und ohne jegliche persönliche Anspielung verstanden, „der Unterschied liegt in der Bewusstheit. Gelingt es uns, die Ereignisse nicht nur als Beteiligte, sondern gleichzeitig als Beobachter zu erleben, sozusagen von außerhalb, sehen wir klar, welcher Art unser Fühlen und Denken sind, was sie bewirken und vor allem, auf welche Seite sie gehören, zum Ego oder zur Seele. Findet diese Aufspaltung in Betroffenen und Beobachter nicht statt, werden wir blind mitgerissen und haben keine Chance, bewusst zu handeln, wir sind dann nur der Spielball unserer alten Muster. Deshalb ist es so wichtig, dass wir ständig versuchen, auch im Gewöhnlichen, einen Schritt zurückzutreten und die Haltung des Unbeteiligten einzunehmen. Dann sehen wir von unserer Seele aus, die wir sind, das Ego – das wir nicht sind!"

Während er zuhörte, kam Jonathan ein Gedanke, den er für so überheblich hielt, dass er sich vor sich selbst schämte; und doch wollte er die Meinung des Lehrers darüber erfahren. So überlegte er, in welcher Form er ihn vorbringen könnte, um dessen wahre Natur zu verheimlichen. „Wenn man dann alles nochmals erlebt und besser gemacht hat – ", begann er, merkte aber, wie er nicht weiterkam, und versuchte es von neuem: „Was geschieht, wenn das Ego –" Er schüttelte den Kopf, fing von vorne an: „Wie ist das, ohne Ego zu sein?"

Der Meister lachte: „Ich kenne keinen, der es vollständig überwunden hat!" Dann schaute er Jonathan gerade in die Augen und beantwortete seine eigentliche Frage, die außer ihm niemand durchschaut hatte: „Wenn dein Gleichmut solcher Art ist, dass dir die Nachricht vom Tod deiner Kinder die gleiche Freude bereitet wie das Stillen der Leidenschaft für eine Frau: Dann bist du deinem Ziel sehr nahe." Seine Stimme klang hart.

Jonathan fühlte sich ertappt, er senkte beschämt den Blick. Wie hatte er auch annehmen können, sein Ego losgeworden zu sein, bloß weil er es geschafft hatte,

Alessandras Reizen zu widerstehen und den vermeintlichen Tod seiner Töchter besser ertragen hatte als damals den Verlust der Mutter? ‚Göttliche Mutter, bitte lehre mich Demut!‘, betete es in der Stille seines Herzens.

Da fuhr der Meister sanft fort: „Jonathan", und er wartete, bis dieser sein Haupt wieder hob, um ihm ein Lächeln zu schenken, „dein Gleichmut ist groß, deine Seele wach, dein Ego verschwindend klein. Du bist deiner Vergangenheit hier nochmals begegnet, damit das, was vorher nur eine Erkenntnis war, zur erlebten Erfahrung werden konnte. Und es war in dieser kurzen Zeit alles – tatsächlich alles –, was auf deinem Weg noch eine Bedeutung hatte. Nun gibt es da nichts mehr zu erledigen." In diesen letzten Worten meinte Jonathan einen Hauch von Traurigkeit zu spüren, den er nicht verstand. Aber der Lehrer ließ es dabei bewenden.

40

Weitere Wochen vergingen. Nichts Besonderes ereignete sich mehr im Äußeren, doch in Jonathans Herzen begann etwas zu keimen, das er zuerst nur als eine Empfindung spürte. Langsam fand es aber auch den Weg in sein Denken und nahm immer deutlicher Form an. Er ließ es reifen, bis er dann an einem Morgen den Meister um eine persönliche Unterredung bat.

Da saß er ihm auf dem großen Wollteppich gegenüber, fühlte sich sogleich von seinen liebenden Augen getragen. Er begann ruhig und überlegt zu sprechen: „Von dir habe ich gelernt, jedes Wesen zu achten, auch alles Unbelebte, das Wasser und das Feuer ebenso wie einen Tisch und eine Sense. Ich habe gelernt, mein Leben ganz der göttlichen Mutter zu weihen und alles, was ich tue, weder für mich noch für sonst jemand zu tun, nur für sie; immer so zu handeln, wie es der Augenblick, die Sache, erfordert, ohne ein Ziel für mich zu verfolgen noch ein bestimmtes Ergebnis zu erwarten.

Du hast mir gezeigt, wie ich wirklich in der Gegenwart leben und mich ganz in das vertiefen kann, was ich gerade tue, und es gerne tun, dabei mit meinen Gedanken und mit meinem ganzen Wesen nur bei der göttlichen Mutter weilen und spüren, dass nicht ich der Handelnde bin, sondern sie, nichts aus meiner Kraft entsteht, einzig aus ihrer. Du hast mich Demut gelehrt.

Bei dir habe ich erfahren, mich dem kosmischen Plan ganz hinzugeben, alles dankend anzunehmen, was es auch sei, und darauf zu vertrauen, dass es für mich und alle Wesen das Beste ist."

„All das konntest du schon, bevor du hierher kamst",
erwiderte der alte Mann lächelnd. „Erzähl mir, was du
hier Neues erkannt hast – und was nicht ich dich gelehrt
habe."

Jonathan schaute ihn mit Ehrfurcht an: Der Weise wusste bereits, was er vorbringen wollte. „Ich habe hier, in
deiner Nähe, verstanden – auch wenn du es nie ausgesprochen hast –, dass es nicht wichtig ist, wo ich bin und was
ich tue. Als ich von meiner Insel wegging, glaubte ich, das
Familienleben hinter mir lassen zu müssen, um die göttliche Mutter zu finden und ihr ganz zu gehören, ich meinte,
dazu sei ein zurückgezogenes Leben in einer Gemeinschaft
mit Gleichgesinnten unerlässlich. Aber jetzt weiß ich, dass
die Entscheidung für Gott oder für die Welt ausschließlich
eine innere ist: Weder die Umgebung noch die Art des
Handelns sind von Bedeutung, und man braucht auch das
Irdische nicht zu fliehen. Das ‚Himmelreich' ist mein inneres Ausrichten auf dieses eine Ziel, ich muss meine Suche
nach dem Göttlichen zu meinem einzigen Lebenssinn
machen, keinen Wunsch außer diesem einem hegen und
alle äußeren Ereignisse nur als Mittel und Wege zu diesem
einen Ziel begreifen. In diesem Sinne ist es wahr, dass man
sich entscheiden muss, für Gott oder für die Welt. Das war
es, wonach ich mein Leben lang gesucht, was mir immer
gefehlt hatte!

Für viele deiner Schüler ist diese Gemeinschaft wohl der
richtige Ort für diese Erfahrung, und es stimmt für sie.
Nicht aber für mich. Und doch musste ich offensichtlich
hierherkommen, um das zu erkennen. Mein Weg ist nicht
Abgeschiedenheit und Meditation, mein Weg liegt im
gewöhnlichen Alltag. Und ich weiß jetzt, dass auch die

Liebe zu meiner Frau und den Kindern kein Hindernis ist –
ich liebe die göttliche Mutter in ihnen und durch sie.
Liebe, die nicht zu besitzen trachtet, ist Liebe zur göttlichen Mutter!"

Der Meister legte seinem Jünger die Hand auf die Schulter. „Als du hierher kamst", sagte er und konnte nicht
verhindern, dass etwas Wehmut mitklang, „dankte ich
der göttlichen Mutter, dass sie mir endlich meinen Nachfolger gesandt hatte. Ich bin alt und ich wünsche mir,
jemand würde dieses Werk hier weiterführen, wenn ich
gehe. Ich habe die Weite deiner Seele erfühlt, in deiner
Liebe ist Kraft genug, um diese Gemeinschaft zu leiten.
Und auch das Wissen ist in dir, du brauchst niemanden,
der dich unterweist. Du hast den Sinn des Daseins erfasst:
Aus den Erfahrungen, die der erhabene Regisseur im Büh-
nenstück des Lebens inszeniert, lernen, um schließlich zur
Vollkommenheit, zu ihm, zu gelangen. Und du hast recht,
das geschieht überall, hier ebenso wie im Herzen einer
Familie und wenn wir uns im Alltag mit den Mitmenschen
und allem, was uns zufällt, auseinandersetzen.

Niemand benötigt wirklich einen Lehrer, das Wissen
ist in jedem von uns, es muss nur herausgeschält werden.
Aber viele brauchen jemanden, der ihnen die Richtung
weist, sie ermuntert weiterzugehen, wenn sie müde werden, sie aufrichtet, wenn sie fallen, sie bremst, wenn sie
im Übereifer losstürmen, sie tröstet, wenn sie meinen, die
göttliche Mutter verberge sich vor ihnen.

Ich glaubte, du könntest diese Aufgabe übernehmen.
Aber schnell habe ich erkannt, dass dein Platz auf deiner
Insel ist – und ich wusste, der Tag des Abschieds würde
bald kommen. Mein Herz ist traurig, dass du gehst, es ist

aber auch glücklich, weil es weiß, dass die Menschen zu dir kommen werden, so wie sie hierhergekommen sind. Du wirst sie leiten und die Wanderung ihrer Seele auf dem Lebensweg begleiten."

Mit Tränen in den Augen, voller Dankbarkeit, berührte Jonathan ehrerbietig die Füße des Weisen: „Wie kann ich Menschen leiten, bevor ich die göttliche Mutter gefunden habe und eins geworden bin mit ihr?"

„Wenn der erste Schüler an deine Tür klopft, wird sich deine Seele ganz auftun und du wirst die göttliche Mutter, die seit jeher darin wohnt, in dir erkennen."

41

Als das Passagierschiff anlegte, standen Serena und die
Kinder in freudiger Erwartung an der Mole. Jonathan
schritt sicher über den Steg. Es regnete leicht. Im Westen
riss der Himmel ein wenig auf, ein Sonnenstrahl leuchtete
hindurch und malte über dem weißen Kreuz auf dem
Hügel einen Regenbogen.

Karin Jundt
Der Wanderer im dunklen Gewand
Taschenbuch, 164 Seiten, ISBN 978-3-907091-10-4

Er erwacht eines Nachts unter dem Sternenhimmel, weiß nicht, wer er ist, woher er kommt, wohin er gehen soll – und macht sich auf den Weg. Später erhält er einen Namen und damit eine scheinbare Identität. Die Frage nach seinem Ursprung, seiner Heimat, dem wahren Sein, dem Sinn verstummt indes nie. In dieses Leben hineingestellt, sucht der Wanderer seinen Weg über lichte Hügel und durch dunkle Täler, lässt sich leiten vom Fluss, lernt durch seine Erfahrungen und Erkenntnisse – und wundert sich über die immer zahlreicher werdenden goldenen Flecken an seinen dunklen Kleidern.

Jedes Mal, wenn er meint, er könne nicht mehr, wenn er erschöpft und verzweifelt ist, findet er Menschen, die ihm die Hand reichen, bis er einem Weisen – Jonathan aus dem Roman „Jonathan von der Insel" – begegnet, der ihm zur Erkenntnis seines wahren Wesens verhilft. In Francesca findet er dann auch die große Liebe, die ihn fortan auf seiner Reise begleitet. Doch sein Ziel kann er am Ende nur allein erreichen...

Manfred Kyber
Der Königsgaukler
Hardcover, 72 Seiten, ISBN 978-3-907091-08-1

Ein zeitloses spirituelles Märchen über den Lebensweg eines jeden Menschen zu seinem höheren Selbst, ein Märchen, das Mut macht, Hoffnung schenkt und Trost spendet.

Diese neue Ausgabe entspricht dem Originaltext der Erstpublikation aus dem Jahr 1921, berücksichtigt jedoch die neue deutsche Rechtschreibung und Zeichensetzung.

Das Büchlein ist liebevoll und edel gestaltet, um diesem Juwel der spirituellen Literatur gerecht zu werden, und eignet sich auch hervorragend als Geschenk.

In der Reihe Wegweiser des nada Verlags erschienen

Karin Jundt
Karma Yoga – Auf dem sonnigen Weg durch das Leben
Taschenbuch, 140 Seiten, ISBN 978-3-907091-03-6

Karin Jundt
Ich liebe mich selbst und mache mich glücklich
Taschenbuch, 136 Seiten, ISBN 978-3-907091-04-3

Karin Jundt
Ich liebe mich selbst 2
Taschenbuch, 156 Seiten, ISBN 978-3-907091-06-7

Spirituelle Buchreihe „Sonnwandeln"

Karin Jundt
Der Sinn des Lebens und die Lebensschule
Sonnwandeln Band I
Taschenbuch, 220 Seiten, ISBN 978-3-907091-05-0

Karin Jundt
Alltägliches Handeln im spirituellen Geist
Sonnwandeln Band II
Taschenbuch, 256 Seiten, ISBN 978-3-907091-07-4

Karin Jundt
Über allem die Liebe
Sonnwandeln Band III (erscheint voraussichtlich 2017)

Karin Jundt
Unsere innere Welt
Sonnwandeln Band IV (erscheint voraussichtlich 2017)

Karin Jundt
Das spirituelle Leben
Sonnwandeln Band V (erscheint voraussichtlich 2018)